つのぶえ文庫

暗い森を抜けて

神曲ものがたり

ダンテ・アリギエリ［原作］　住谷 眞［文］

新教出版社

目次

表紙／本文イラスト　高秀　泉
装　丁　桂川　潤

暗い森を抜けて

神曲ものがたり

地獄《じごく》への旅

旅の始まり

人生という旅のなかば、ふと気がつくとわたしは、まっすぐな道をふみはずして、暗い森の中にいた。その闇《やみ》の深さは思いだすだけでもぞっとする。わたしは夜通《よどお》し歩き、やがて谷の終わりの、とある山の麓《ふもと》についた。見上げると山の上は太陽の光を浴《あ》びて輝《かがや》いていた。

しばらく休んでから、わたしはその山を登り始めた。急な坂にさしかかった時、一匹の豹《ひょう》が突如《とつじょ》前に現れた。それをやり過ごすと、今度は一匹のがつがつと飢《う》えた獅子《しし》がわたしに襲《おそ》いかかってきた。さらに一匹のやせこけた雌狼《めすおおかみ》が迫《せま》ってきた。恐ろしさのあまり、ついに丘の頂《いただき》をきわめる望みを捨《す》て、じりじりと後《あと》ずさりし、またもや暗い森に落ちこもうとしたその時、一人の人の姿が見えた。わたしは叫《さけ》んだ。

「助けてください。あなたは亡霊《ぼうれい》ですか、それとも人間ですか。」

「昔は人間だったが、今は人間ではない。わしはマントヴァ生まれの、古代ローマの詩人だ。トロイアが戦いで滅《ほろ》びた後、そこを逃《のが》れてさまよったアエネアスのことを歌ったこともある。だがきみはなぜふたたび苦しみの森に後《あと》もどりするのだ。どうして歓《よろこ》びに満ちたあの山を登ろうとしないのだ。」

「では、あなたは、あの豊かな言葉をつむぎだしたヴィルジリオ先生ですか。わたしはあなたを文学の師匠《ししょう》として深く敬《うやま》い、あなたから詩のすべてを学んでまいりました。どうか迫りくるあの野獣《やじゅう》の牙《きば》からわたしを救《すく》ってください。わたしはここでぶるぶる震《ふる》えているのです。」

涙《なみだ》ぐむわたしを見て先生は言った。

「この恐ろしい場所から逃れようと思うなら、きみは別の道をゆかなければならない。あの獣《けもの》どもは、人がそこを通るのを許さず、邪魔《じゃま》をして食い殺してしまう。それでも食欲が満たされることはない。きみのためによい手だてを見つけた。わしが案内人になるから、後についてきたまえ。まず、きみを地獄《じごく》へ案内しよう。そこできみは、責《せ》めさいなまれ絶望《ぜつぼう》の叫びをあげる昔の亡霊たちを見るだろう。次に煉獄《れんごく》に案内しよう。そこでは、火で浄《きよ》められつつ天国へ入ることを望んでいる人々を見るだろう。きみがさらに高いところに行くことを望むなら、別の案内人にきみをあずけて別れよう。わしはクリスチャンではないので、天国に入ることは許されていないからだ。まことに、そこに選ばれて住む者は幸いである。」

「先生、わたしをあなたの言われる場所へ連れて行ってください。そして煉獄と地獄にいる人たちを見せてください。」

そこで先生は歩き出し、わたしは後に従った。

ためらいと励《はげ》まし

やがて日が沈み、ものみなが闇《やみ》につつまれるにつれ、これからの旅を思うとわたしはだんだん不安になった。

「先生、あなたがお書きになったアエネアスの場合は、旅の目当ても理由も明らかでした。彼はついにはローマに達し、ローマ帝国《ていこく》のいしずえを築《きず》きました。またそのローマに行きついた聖《せい》パウロも、旅の目的ははっきりしていました。けれどもわたしは、アエネアスやパウロのような人間ではありません。なぜ旅をするのか、誰《だれ》がそう定めたのかも知らないのです。」

怖気《おじけ》づいて暗い斜面《しゃめん》にたたずんだわたしに、先生は言った。

「きみはもう臆病風《おくびょうかぜ》に吹かれてしまったのか。ではわしがきみのところに来たわけを聞かせてやろう。わしが地獄《じごく》のへりにいたころ、天使のようにしとやかな婦人《ふじん》がわしを呼び、こう告げたのだ。

『ああ、ヴィルジリオさま。お願いがございます。わたしの親しい友が、山の斜面で前に進むことを妨《さまた》げられて、後《あと》もどりしています。暗い森に迷いこんで久しい、不幸なお方です。もう手遅れかもしれません。急いで行って彼を助けてあげてください。わたしはベアトリーチェです。あのお方への愛のゆえに、天の高きところからここにまいったのでございます。』

『おお、気高《けだか》き婦人よ。あなたの命令とあらば喜んでお受けします。ただひとつお聞きしたいことがあります。あなたが天の高きところからこの地球の中心にまで下《くだ》ってこられた理由です。』

『それでは簡潔《かんけつ》にお話ししましょう。天国におられる聖母《せいぼ》マリヤさまは、あのお方が獣《けもの》に道を阻《はば》まれているのを見て憐《あわ》れみを覚《おぼ》え、聖女《せいじょ》ルチーア（古代シラクサ生まれの殉教者）を呼んでお命じになりました。

――あなたに信頼を寄せている者が救いを求めているので、何とかしてやっておくれ。

そこで聖女ルチーアは、ヤコブの妻ラケルといっしょにわたしのところに来て、こう言ったのです。

――ベアトリーチェ、あなたを慕《した》い、あなたのために抜《ぬ》きんでた詩人となったあの方が苦しんでいます。なぜ救いに行かないのですか。

それを聞いてただちにわたしはあなたのもとへと、ここに下《くだ》ってきたのです。』

彼女はこう言って涙《なみだ》で輝《かがや》く目を伏《ふ》せた。それでわしは来て、きみを野獣《やじゅう》から救ったのだ。それなのに、きみはなぜそんなに怖気《おじけ》づいているのか。天国では三人もの婦人がきみのことを心配しているというのに。」

わたしはそれを聞いてがぜん勇気を取りもどして言った。

「わかりました。婦人の情《なさけ》と先生の親切が身に染《し》みます。さあ前に進みましょう。あなたはわたしの案内人で、先生です。」

こうして先生とわたしはふたたび歩き始めた。

アケロンの渡し

やがて二人は地獄《じごく》の入り口に来た。その門の上にはこう刻《きざ》まれていた。

「われをくぐる者は嘆《なげ》きの町にいたる。

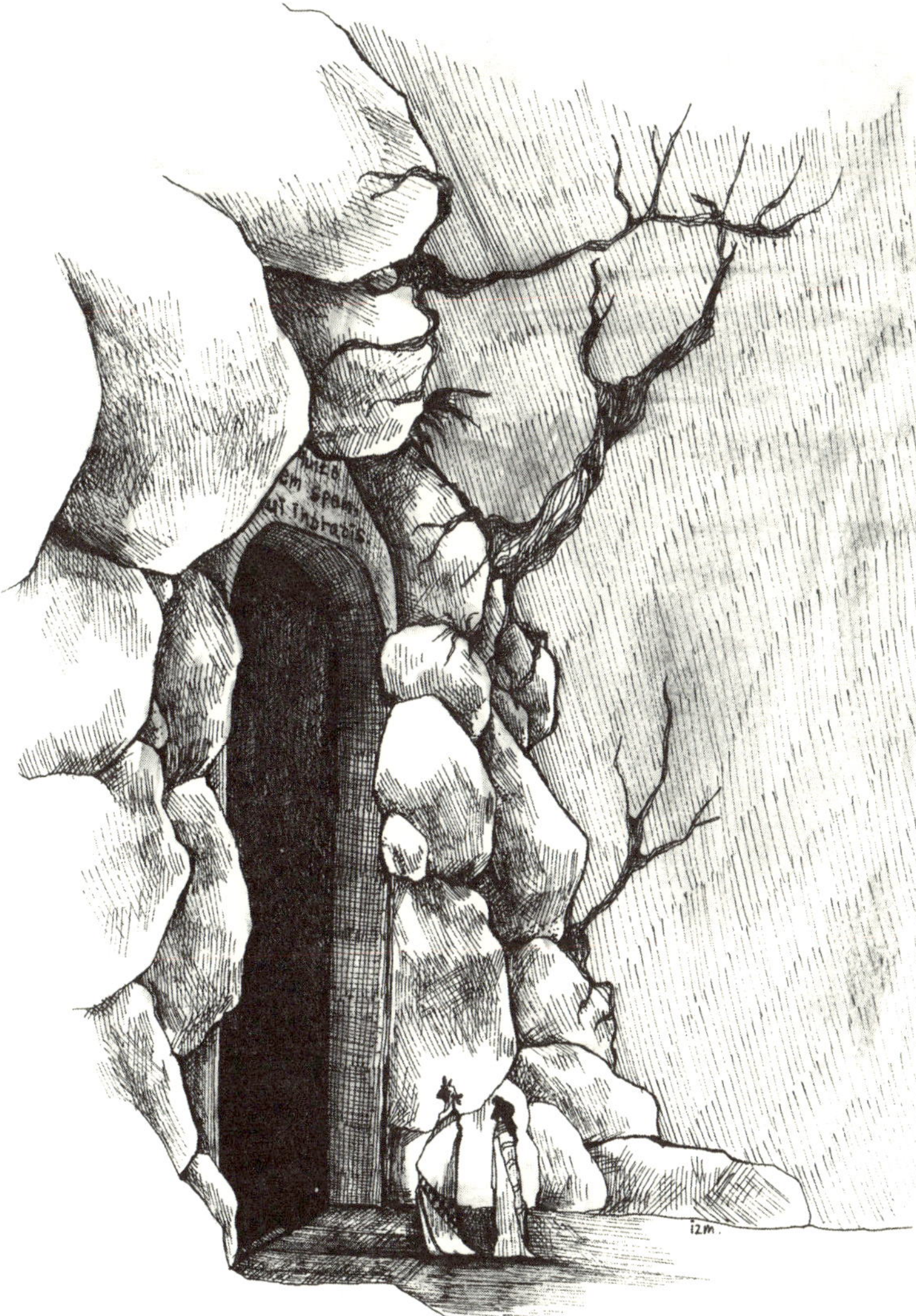
izm.

われをくぐる者は絶望《ぜつぼう》の民にいたる。

われをくぐる者はいっさいの望みを捨てよ。」

わたしの顔がこわばったのを見て、先生が言った。

「びくびくしてはならない。わしがさっき言った場所に来たのだ。ここできみは苦しみにあえぐ人たちを見るだろう。神を見る幸せを失った者たちだ。」

先生はわたしの手を取って元気づけたが、あたり一面に恐ろしい叫《さけ》びや音がして、わたしはのっけから涙にくれてしまった。

「先生、あの音は何ですか。あの苦しみの声をあげている人たちは誰《だれ》ですか。」

「あれは、誉《ほま》れを受けることもなければ、とがめを受けることもなく、ただ平々凡々《へいへいぼんぼん》と世を送った人たちの魂《たましい》だ。そこには、神にも堕天使《だてんし》にもどっちつかずだった天使たちもいる。」

「先生、彼らは何を苦しんでいるのです。」

「簡単に言おう。彼らには、死んで苦しみが終わる望みさえないからだ。ただ通りすぎよう。」

見ると、旗を先頭に、ながながと列をなして歩いている亡霊《ぼうれい》の一群《いちぐん》がいた。彼らはみな裸《はだか》で、群《むら》がる蠅《はえ》や蜂《はち》にあちこち刺《さ》され、血と涙《なみだ》が入りまじり、それを蛆《うじ》虫《むし》が吸《す》っていた。

また、かなたの大きな河の岸辺に多くの群衆《ぐんしゅう》がいるのが見えた。

「先生、あれは誰《だれ》ですか、なぜ河を渡る準備をしているのですか。」

「あれはアケロン河の岸辺だ。そこに行けばわかるだろう。」

すると一人の白髪《はくはつ》の老人が舟で近づいてきて叫《さけ》んだ。

「地獄《じごく》行きの亡霊ども。おれはお前たちを向こう岸に渡すためにやって来た。そこの生きている魂は、この者たちから離《はな》れよ。」

しかし、わたしが離れないのを見て言った。

「お前は別の港からもっと軽やかな舟で煉獄《れんごく》へと渡るのだ。」

そのとき先生が言った。

「カロン、怒《おこ》るな。神の思《おぼ》し召《め》しなのだから、もう黙《だま》れ。」

それで船頭《せんどう》の怒《いか》りはようやくおさまった。

地獄に行く亡霊はカロンの声を聞いて、ある者は歯噛《はが》みをし、ある者は泣き叫び、ある者は呪《のろ》いの言葉をはいた。カロンは彼らに注意を与え、遅れる者を櫂《かい》でようしゃなく打った。彼らは、つぎつぎと渡し船に乗り、かなたへと去っていったが、渡し場はもう、次に地獄行きを待つ人々であふれていた。

「いいかい。神の怒りに触《ふ》れて地獄に行く魂はみなここに集まってくる。善《よ》い魂がここから渡ることはない。」

先生の言葉が終わるか終らないうちに大地が激《はげ》しく揺《ゆ》れ動き、真っ赤な光がきらめいた。わたしは気を失い、倒《たお》れてしまった。

地獄のへり（辺獄《リンボ》）

大きな雷《かみなり》の音でわたしはわれにかえった。見ると、わたしは辺獄《リンボ》と呼ばれる地獄のへりにいた。

「さあ下って行こう。わしが先できみは後に従うのだ。」

先生の顔は青ざめていた。

「先生までおびえているのでは、どうしてわたしがついていけましょう。」

「いや、この下にいる者たちの苦しみを思い、顔をくもらせただけだ。さあ行くぞ。」

こうして第一圏《だいいちけん》に入ると、おびただしい人々の溜息《ためいき》だけが聞こえてきた。それは、責め苦のない苦しみから出るものであった。

先生はわたしに言った。

「きみはこれらの霊《れい》について質問しないのかい。彼らは、誉《ほま》れあるりっぱな人たちだが、生きている時に洗礼を受けてクリスチャンになろうとしなかった人たちや、キリスト教の前の世に生まれて神を知らなかった人たちだ。わしもそのひとりだ。ただそれだけのせいで、ここで望みのない生活をしているのだ。」

罰《ばっ》せられることもなければ賞を受けることもなく、ここで宙ぶらりんにされている霊のことを思うと、わたしは心が痛《いた》んだ。

「ここから出て天国に行って神の祝福《しゅくふく》を受けた人はいますか。」

「わしがここに来て間もない頃《ころ》、キリストが来られ、アダムやアベル、ノア、モーセ、アブラハム、ダビデ、ヤコブとその子ら、ラケルなど多くの魂を天国へと連れ出したが、それ以前にはいない。」

話をしながらも歩みを止めず、魂のひしめく暗黒の森の中を進んで行くと、向こうに光り輝《かがや》く一画《いっかく》が見えた。

「先生、あのような光明《こうみょう》の場所に入る誉れを受けた人たちは誰《だれ》ですか。」

「彼らは尊敬《そんけい》すべき偉大《いだい》な人たちで、辺獄《リンボ》でも特別に扱われておるのだ。」

その時、わたしは一つの声を聞いた。

「偉大な詩人のお帰りだ。」

声がやむと、四つの大きな影が近づいてきた。

「あれは、偉大な詩人たちでホメロス、ホラティウス、オウィディウス、ルキアヌスだ。わしもその一人に数えられておる。」

彼らは互いに語りあっていたが、わたしに会釈してくれた。こうしてわたしは偉大な詩人たちの六番目として認《みと》められたのである。

やがて光のさす場所にやってくると、そこは七重の城壁《じょうへき》で囲まれた気高い城であった。七つの門をくぐり、輝《かがや》く緑の原に着くと、そこにはカエサル、プラトン、アリストテレスをはじめ、男女を問わず、偉大な将軍《しょうぐん》、哲学者《てつがくしゃ》、雄弁家《ゆうべんか》、数学者《すうがくしゃ》など名前を挙《あ》げきれないほど多くの賢人《けんじん》がいるのが見えた。

ここで四人の詩人と別れ、わたしたち二人は、また光のない場所に来た。

道ならぬ恋《こい》

わたしたちは第二の圏《けん》に降《お》りた。その入口には地獄《じごく》の裁判官《さいばんかん》であるミノスが立ち、次から次へとやってくる亡霊《ぼうれい》たちから、その犯した罪を聞き、自分の尾をわが身に巻《ま》く回数で、彼らが何番目の圏に行くかを定めると、ただちに下に投げ落としている。ミノスはわたしを見て言った。

「お前はどこから来たのだ。誰《だれ》に案内されているのだ。広い門にだまされたのか。」

すると先生は言った。

「わめくな。黙《だま》れ。ここに来たのは神の思《おぼ》し召《め》しだ。」

見るとそこは、すさまじいうなりをあげて四方《しほう》から吹きつける暴風に吹きまわされ、多くの霊が泣き叫《さけ》んでいた。わたしは彼らが恋のあやまちを犯した者たちであることを知った。鶴《つる》が一直線に並《なら》んで鳴きながら飛んでくるように、それらの霊《れい》が風に運ばれてわたしに向かって来るのを見た。

「先生、あの亡霊たちは誰ですか。」

先生は、恋のあやまちを犯した千以上の魂の名前をあげたが、その中にはクレオパトラやトリスタンもいた。わたしはそれを聞いて、憐《あわ》れみのあまり、ぼうぜんとなった。

「先生、あそこにいっしょに風に乗って軽やかに飛んでいるふたりと話をしてみたいのですが。」

「やってごらん。ふたりを導《みちび》く恋の名にかけて来てくれるはずだ。」

するとふたりは群れを離《はな》れてこちらのほうにやって来た。

「おお、やさしい親切な方。あなたは世を血で染《そ》めたわたしたちをこの暗い大《たい》気《き》の中まで訪《たず》ねてくださいました。このご恩はけっして忘《わす》れません。風のおさまっているうちにわたしたちの身《み》の上話《うえばなし》をお聞きくださいまし。わたしの名はフランチェスカと申します。ポー河がアドリア海にそそぐラヴェンナで生まれました。父は、政敵《せいてき》であった家と和を結ぶため、わたしをその家の息子と結婚させようとしました。しかし、その息子は醜《みにく》かったので、美しい顔をした弟のパオロさまをわたしの家に挨拶《あいさつ》に来させました。わたしは結婚に同意して先方の家に嫁《とつ》いだのです。けれども後のまつり。騙《だま》されたと知ったわたしは、悲しみにくれましたが、やがてパオロさまとはげしく愛し合うようになりました。それを知った兄のジョバンニがわたしたちを殺したのです。愛はわたしたちを死に導きましたが、いまもわたしたちは愛によってこのようにかたく結ばれているのです。」

「お話を聞いて涙《なみだ》がとまりません。よろしければ、おふたりが結ばれるようになったきっかけをお聞かせください。」

「悲しみの日にあって、喜びの日を思い起こすこと以上に悲しいことはありません。」そう言って、彼女はパオロとの恋《こい》のなりそめをさめざめと涙を流しつつ語った。その間、もう一方の霊《れい》も泣いていた。わたしは憐憫《れんびん》のあまり、死人のよ

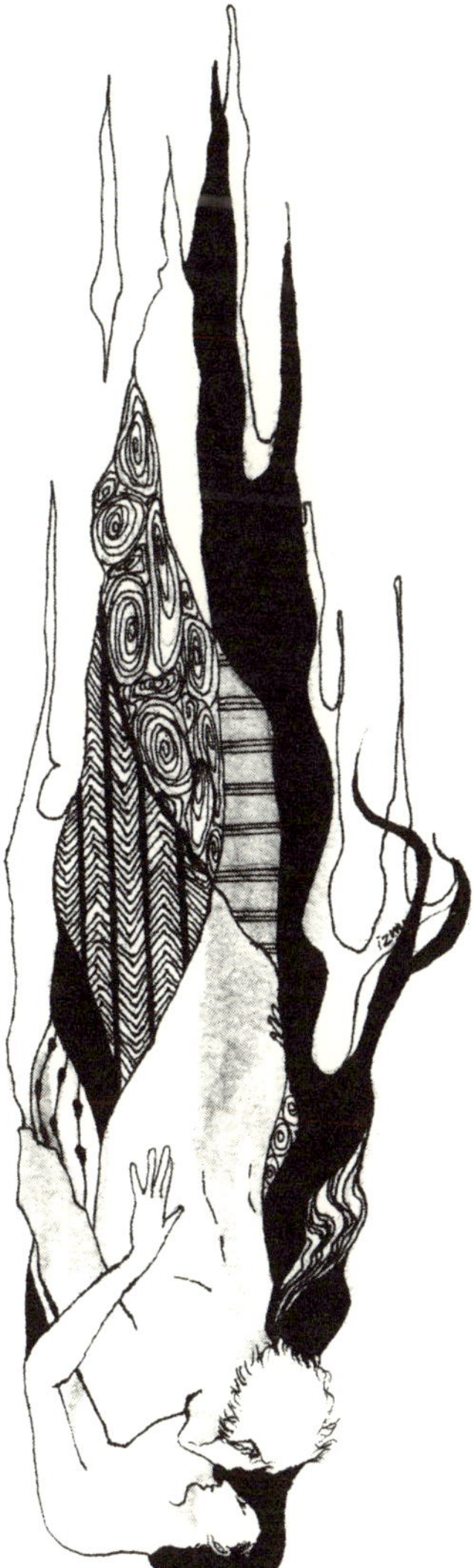

うにそこにばったりと倒《たお》れた。

大食いの罪

われに返るとわたしは第三の圏《けん》にいた。そこには冷たい雨と氷が降《ふ》りそそぎ、悪臭《あくしゅう》をはなつ泥沼《どろぬま》の大地に、おびただしい霊が沈んで横たわっていた。そして三つの頭と赤い目と黒いひげと太い腹と爪をもった地獄《じごく》の番犬ケルベロスに、かみつかれ、やつざきにされていた。番犬はわたしたちを見ると牙《きば》をむきだした。先生が、すぐ両の手で泥をすくい、口に投げ込むと、犬はおとなしくなった。

わたしたちは泥の中に横たわる霊を足の裏《うら》に感じながら進んだ。

するとその中の一人が身を起こし、話しかけてきた。

「地獄を行くきみ、ぼくをおぼえていないかい。」

「いや、会ったことはないなあ。きみは誰《だれ》かね。」

「ぼくはきみと同じフィレンツェの生まれです。大食《おおぐ》いなのでチャッコ、豚《ぶた》とみんなから呼ばれていました。ここでは、ぼくのような大食いの罪をおかした者が責め苦を受けているのです。」

「チャッコ、きみの苦しみは涙《なみだ》をさそう。ところであのふたつの党派《とうは》の争いでひきさかれた都市はいったいどうなるのか教えてくれないか。」

「長い争いの後《のち》、白派《しろは》は黒派《くろは》を追い出しますが、やがて裏《うら》で手をひく者の手で、白派は黒派に敗れ、逆に追放《ついほう》されるでしょう。正しい人は、白派のあなたをはじめふたりいましたが、いまは、人々は傲《おご》りと嫉《ねた》みと貪《むさぼ》りにみちた生活に明け暮れているのです。」

そう言って彼はさめざめと泣いた。

「教えてくれ。あのフィレンツェの名のある政治家たちは、天国に行ったのだろうか、それとも地獄《じごく》に行ったのだろうか。」

「彼らは、さまざまな罪のゆえに、ここより下の地獄にいます。あなたもそこへ降《お》りれば会えるでしょう。そんなことより、地上にもどったらわたしのことを思い出してください。」そう言って彼は、また泥の中に倒《たお》れこんだ。

先生は言った。

「彼も、また彼と同じく泥に沈んでいる霊《れい》たちも、最後の審判《しんぱん》のときまで目をさますことはないだろう。そのとき、彼らは墓から肉をまとってよみがえり、永遠にひびく神の声を聞くだろう。」

わたしたちは会話をつづけながら、下に行く入り口に来たが、そこに立ちはだかっていたのは大いなる敵プルートであった。

吝嗇家《りんしょくか》と浪費家《ろうひか》

「パペ、サタン、パペ、サタン、アレッペ。」

プルートはしゃがれ声で呪文《じゅもん》のような言葉を叫《さけ》んだ。

「恐れることはない。やつにどんなに力があろうと、われわれを妨《さまた》げることはできない。」

先生はこう言って、プルートに向かって言った。

「だまれ、呪《のろ》われた奴《やつ》。われわれが地獄へ下るのは神の思《おぼ》し召《め》しなのだ。」

するとこの獣《けもの》は、帆柱《ほばしら》が風に折れてねじれ落ちるように地にへたばった。こうしてわたしたちは第四の圏《けん》に降《お》りた。

そこでは、吝嗇家《りんしょくか》と浪費家《ろうひか》とが、それぞれ重い荷物を転《ころ》がしながら、反対向きに回っていた。ぶつかると、「なぜ使い果たすのだ」、「なぜため込むのだ」と互いにののしりあいながら、こんどは逆向きに半周回り、またぶつかって、ののしりあっては、反対向きに回ることを永遠にくりかえしている。

わたしは胸のつぶれる思いで言った。

「先生、左にいる頭のてっぺんを剃《そ》った人は、お坊《ぼう》さんだったのですか。」

「ああ、彼らは、生きていたとき、金を湯水のように使った者たちだ。またこちらいる者は、教皇《きょうこう》や枢機卿《すうききょう》だった位の高い坊主《ぼうず》たちだ。彼らの金のためこみようは度外《どはず》れていた。」

「先生、あの中にわたしの知っている人がきっといるに違いありません。」

「つまらぬことを考えるな。罪で真っ黒になっていて見分けがつかないよ。彼らは永遠の衝突《しょうとつ》をくりかえすのだ。吝嗇家は手をにぎりしめ、浪費家は髪《かみ》の毛まで失って墓からよみがえるだろう。」

わたしたちは、そこを横切り、やがて暗い水が流れる土手に達した。土手に沿《そ》って険《けわ》しい道を下っていくと、スティージュという名の沼に出た。そこには、全身泥だらけ、裸《はだか》でなぐりあい、かみつき、肉を食らいあっている亡霊《ぼうれい》がいた。

すると先生は言った。

「見たまえ。彼らはいきどおりの罪を犯した者たちだ。泥沼の中からブクブクと出ている泡《あわ》は彼らのやるせない溜息《ためいき》なのだ。」

わたしたちはその泡を見ながら沼を回って進み、対岸《たいがん》にある塔《とう》の真向《まむか》いに来た。

プレギュアスの舟

わたしは、そこに来る前から、この塔のてっぺんに二つの火が燃え、ずっと遠くにある別の火と合図をかわしているのに気がついていた。

「先生、あれは何の合図で、誰《だれ》がしているのですか。」

「沼の毒気《どくけ》で隠《かく》れているが、やがてわかるだろう。」

そのとき、一《いっ》そうの小舟が矢のように近づいてきた。船頭《せんどう》が叫《さけ》んだ。

「よこしまな霊《れい》よ。いま着いたのか。」

先生は言った。

「プレギュアス、どなるな、ただ沼を渡る間、きみの世話になるだけだ。」

船頭《せんどう》は、先生とわたしを舟に乗せたが、わたしが乗り込むと舟が重さで沈んだ。

船が暗い沼を進んでいると、突然泥まみれの男が行く手に立ちはだかって言った。

「まだ来る時でないのに来るきみは誰《だれ》だ。」

「わたしは来たけれど、ここに長居《ながい》はしない。泥まみれのきみこそ誰だ。」

「わたしは泣くよりなすすべのない男。」

私は言った。

「呪《のろ》われた魂よ、泣け、悲しむがよい。泥まみれでもきみが誰かはわかる。」

そのとき、男は両手でわたしを沼にひきずりこもうとした。

先生はそれに気づいて言った。

「犬のようなやつめ、とっとと失せろ。」それからわたしを抱《だ》いて言った。

「おどしに屈しなかったきみをみごもった女性に祝福あれ。あの亡霊《ぼうれい》はここで

izm.

もまだ猛々《たけだけ》しい。」

「先生、彼が泥沼に沈むのを見たいものです。」

「岸に着く前にきみの願いはかなうだろう。」

やがて、「フィリッポ・アルジェンティ（フィレンツェの凶暴な貴族）をやっつけろ」という声がして、彼は亡霊たちに引き裂《さ》かれ、彼も自らを噛《か》み裂きながら泥の中に沈んでいった。

やがて、前方に叫びが聞こえたとき、先生が言った。

「ディーテの町が近づいて来た。そこは重罪《じゅうざい》を犯した者が大勢住んでいる。」

わたしたちが城門《じょうもん》の前で舟を降《お》りると、門の上にはすでに千余りの悪魔《あくま》が群《むら》がり、わたしたちを待ち受けていた。先に見た塔《とう》のかがり火は、侵入者《しんにゅうしゃ》が近づいていることを知らせるのろしだったのだ。彼らは怒《いか》り狂って言った。「まだ死にもしないのにこの国を通る者は誰だ。彼は一人で帰らせろ。」

先生は、この旅は神の思《おぼ》し召《め》しだから必ず道は開けると言って、わたしを励《はげ》まし、彼らと直談判《じかだんぱん》をしに門の中に入っていった。一人残されたわたしは不安におびえた。やがて先生が落胆《らくたん》した面《おも》もちで門の外に出て来た。

「彼らはわたしたちをどうしてもこの町に入れてくれない。しかし、天使《てんし》が下ってきて、この町を開けてくれるだろう。」

ディーテの町

もどってきた先生は言った。

「ベアトリーチェさまは、約束してくださったが、それにしても天使が来るのが遅《おそ》いなあ。」

わたしはますます不安になり、言った。

「この地獄《じごく》の穴の底まで下った者があるのでしょうか。」

「わたしはかつて一度、地獄の底まで下ったことがある。道はよく知っているので安心したまえ。」

そのとき突然《とつぜん》、塔《とう》の頂《いただき》に、血にまみれた三人の復讐《ふくしゅう》の女神フリエが現れた。その帯には緑色の水蛇《みずへび》が、頭の髪《かみ》の毛にはさまざまな蛇がとぐろを巻《ま》いていた。

「見たまえ。左にいるのはメジラ、右はアレット、真ん中はテシフォーネだ。」

彼女らが、爪《つめ》でわが身をかき裂《さ》きながら叫《さけ》んだので、わたしは恐怖《きょうふ》のあまり先生にすがりついた。彼女たちはわたしを見て言った。

「メドゥーサを呼んで、あの男を石にしよう。」

「後ろ向きになって目をつむれ。メドゥーサを見た者はみな石に変えられる。そうなればおしまいだ。」

先生はそう言ってわたしを後ろ向きにさせ、手でわたしの目をおおった。

そのとき、何者かが沼《ぬま》を渡ってくるはげしい振動《しんどう》を感じた。先生は手を目から離《はな》して言った。

「さあ。あの霧《きり》の深いあたりを見たまえ。」

すると一人の天使が足の裏《うら》をぬらすことなく、霧を払《はら》いのけながらやって来るのが見えた。先生はわたしに身をかがめるよう合図した。天使は城門《じょうもん》の前に来ると、一本の杖《つえ》で門を開けたが、悪魔《あくま》たちはすでに逃《に》げ去り、天使を邪魔《じゃま》する者はいなかった。天使は門のしきいに立って言った。

「天から追われた卑《いや》しむべき者たちよ。なぜお前たちは神の思《おぼ》し召《め》しに逆らい、みずからの苦悩《くのう》を増すのだ。」

そう言って天使は身をひるがえし、泥《どろ》の道を帰って行った。こうしてわたしたちは、安心して町の中に入ることができた。そこは左右に大きな広場があり、その一面におびただしい墓があり、灼熱《しゃくねつ》の火で燃えていた。どの墓ももちあがり、すさまじい苦しみの叫《さけ》びがそこから聞こえた。

「先生、あそこに埋《う》められて泣き叫んでいる人たちは誰《だれ》ですか。」

「ここには、あらゆる異端《いたん》のかしらとその信奉者《しんぽうしゃ》たちがいる。その異端の程度《ていど》に応じて、墓の熱さも違うのだ。」

そう言って先生は右にまわり、城壁《じょうへき》と燃える墓の間を歩き始めた。

二つの墓の前で

進みながらわたしは言った。

「先生、あの墓にいる亡霊《ぼうれい》を見ることができるでしょうか。墓はもちあがり、番人もいませんが。」先生は言った。

「ここには、魂《たましい》が肉体とともに滅《ほろ》ぶと唱《とな》えたエピクロスとその信奉者たちがいる。きみが望むなら、彼らを見ることも、話すこともできるだろう。」

そのとき突然《とつぜん》、墓から声がした。

「おい、そこのトスカナ人。」

わたしが、恐ろしくなって先生に身を寄せると、先生は言った。

「見たまえ。あれはフィレンツェのファリナータだ。」

彼は、腰《こし》から上を墓から出して、ふんぞり返っていた。

「丁寧《ていねい》に話をしなさい」と先生は言って、わたしを墓に押《お》しやった。

墓の前に行くと、彼は嘲《あざけ》った口調《くちょう》で言った。

「きみの素性《すじょう》を言え。」

わたしが、教皇党《きょうこうとう》だと正直に答えると、彼は眉《まゆ》をつり上げて言った。

「わしは、皇帝党《こうていとう》のかしらとして、教皇党を二度フィレンツェから追放《ついほう》したぞ。」

「しかし、二度ともまたすぐもどりましたよ。皇帝党《こうていとう》はもどれないでいますが。」

そのとき、もう一つの葉から亡霊《ぼうれい》があごまで顔を出し、わたしを見ていたが、やがて泣き始めた。

「わしの息子グイドはどこだ。なぜ親友のきみといっしょにいないのだ。」

「わたしはあそこの先生に連れられて来ました。グイド君はあまりあの先生が好きでなかったです。」

すると彼は急に立ち上がって叫《さけ》んだ。

「好きでなかっただと。もう息子は生きていないのか。」そう言って倒《たお》れ、ふたたび顔を見せることはなかった。

しかし、ファリナータは、自分の娘婿《むすめむこ》でもあるグイドの死を聞いても顔色一つ変えずに話を続けた。

「皇帝党があの町にもどることができないことは、わしにはつらいことだが、きみも今後、五十年間はあの町にもどることはあるまい。」

わたしたちはさらに話を続けたが、やがて彼は姿を消した。彼の語ったわたしについての予言《よげん》を思いめぐらしながら先生のもとにもどると、先生は言った。

「きみは何を思い悩《なや》んでいるのかね。」

わたしがつつみかくさず答えると、先生は言った。

「その不吉《ふきつ》な予言は心にとめておくがよい。やがてきみがベアトリーチェの前に出るとき、彼女がきみの生涯について教えてくれるだろう。」

わたしたちは、城壁《じょうへき》から離《はな》れ、左に向かって谷に通じる小路《こみち》を降《お》りて行ったが、谷からはひどい悪臭《あくしゅう》が立ち昇《のぼ》ってきた。

地獄《じごく》の地理《ちり》案内

わたしたちは第七圏《けん》へと下る崖《がけ》のふちまで来た。下から昇ってくる強烈《きょうれつ》な悪臭に耐《た》えかねて大きな墓のふたの後ろに身を寄せると、そこには「フォティノスに引かれて堕落《だらく》した教皇《きょうこう》アナスタシス」と刻《きざ》まれていた。先生は言った。

「ここでこの悪臭に慣れるまで待とう。」

「先生、時間がむだにならぬよう、何か教えてください。」

「わしも、それを考えていたところだ。これから下る地獄《じごく》の地理についてきみに説明しよう。ここから下は第七圏《けん》から第九圏までの三段《だん》に分かれておる。今から下る第七圏は暴力の罪を犯した者が入れられている。そこは暴力を誰《だれ》に対して働いたかでさらに三つの環《かん》に分かれている。第一環は、殺人、傷害《しょうがい》など、他人に対して暴力を働いた者、第二環は、自死《じし》や賭博《とばく》など自分に対して暴力を働いた者、第三環は、高利貸《こうりか》しや男色《だんしょく》など神に対して暴力を働いた者が入っておる。

次の第八圏には、詐欺《さぎ》、盗《ぬす》み、人身売買《じんしんばいばい》など、人間本来の愛のきずなを破った者が入れられている。そして地獄の奥底である第九圏では、裏切《うらぎ》り者が永遠の責め苦を受けておるのだ。こうして、地獄は第一圏から第五圏までの上獄《じょうごく》と、第六圏から第九圏までの下獄《かごく》に分かれる。そして下獄がディーテの町というわけだ。」

「先生の説明は明快《めいかい》です。でも上獄にいる霊《れい》が、下獄で罰《ばっ》せられないのはなぜですか。」

「きみは、アリストテレスの『倫理学《りんりがく》』を読んだことがないのか。それによれば、大食いや恋《こい》のあやまちなど放縦《ほうじゅう》の罪は、他の罪よりも軽く、したがって受ける責め苦も下獄に比べれば軽いのだ。」

「わかりました。でももう一つ質問させてください。高利貸しが神に対して暴力を働いたグループに入れられるのはなぜですか。」

「人は自分の生活の糧《かて》を求め、他の人の幸福を求めるべきだ。しかし、高利貸しはそれに反することをしているからだ。さあ、道案内はこれくらいにして、先に進もう。」

血の河

崖《がけ》ぶちに来ると、そこは崩《くず》れた岩が下まで転がっていた。そこには、体は人間だが頭が牛の姿をしたクレタ島の怪物《かいぶつ》ミノタウロスがおり、わたしたちを見ると怒《いか》りのあまり、わが身を噛《か》んだ。

先生は怪物に向かって叫《さけ》んだ。

「お前は、地上で自分を殺したテセウスが来たと思ったのだろう。獣《けもの》よ。失《う》せされた。この人はお前たちの責め苦を見ようとここにやってきたのだ。」

すると怪物《かいぶつ》はその場でもんどりうって転げまわった。

「さあ、今のうちに下って行こう。」

崩《くず》れた岩が足の下で揺《ゆ》れるのを気にしていると、先生は言った。

「このがけ崩れは、前にわしが地獄《じごく》へ下ったときにはなかった。キリストさまが陰府《よみ》に降《くだ》られたとき、地獄の谷全体が震《ふる》え、ここも崩れたのだ。さあ下に流れている血の河をご覧《らん》。他人を暴力で傷《きず》つけた者たちが血で煮《に》られているのだ。」

見ると、そこには弓形《ゆみがた》に曲がったプレゲートンと呼ばれる広い河が流れていた。

わたしたちを見ると、矢をもった半人半馬《はんじんはんば》の怪物《かいぶつ》ケンタウロスが群れをなして迫《せま》ってきた。立ち止まるとその中から三頭が前に進み出て、その一頭が言った。

「お前たちはどんな責め苦を受けるため崖《がけ》から下ってきたのか。そこから答えろ。さもないと弓で射《い》るぞ。」

先生は言った。

「返事は、きみのそばの大将《たいしょう》キロンのところに行ってする。」

そしてわたしに言った。

「あれはネッソ。真ん中がキロン、もう一人はフォーロだ。彼らは、亡霊《ぼうれい》が血の河から体を出すと、矢で射るのさ。」

わたしたちが怪物に近づくと、キロンは一本の矢を取ってあごのひげをしゃくり上げ、大きな口を見せて仲間に言った。

「あの後ろの男は触《ふ》れた物が動くから重さがあるぞ。亡霊には重さがないのに。」

先生は答えた。

「この人は生きており、また孤独《こどく》だ。わたしは至高《しこう》の天から命令を受けてこの人を案内する役目をおっている。それだからきみの仲間をひとり貸して、この河を渡る場所まで案内し、そこからわれわれを背負って渡してほしい。」

するとキロンは左にいるネッソに言った。

「お前が二人を護衛《ごえい》し、案内しろ。」

こうしてわたしたちは護衛を得て、血のたぎる河岸に沿《そ》って歩んだ。そこでは多くの亡霊《ぼうれい》が煮《に》えたぎる血で煮られ、叫《さけ》び声をあげていた。道すがらネッソは、アレキサンダー大王をはじめ、歴史上大きな暴力をふるった人たちをわたしたちに示した。その中にはわたしの見知った者も多くいた。

やがて足がつかるくらいの浅瀬《あさせ》までたどりつき、そこからわたしたちはネッソの背に負われて河を渡った。ネッソはわたしたちを降《お》ろすと、また、来た浅瀬を引き返していった。

自死者《じししゃ》の森

ネッソが向こう岸に着かぬ間に、わたしたちは小道ひとつない森に入った。木の葉は暗く、枝はねじ曲がり、実はなく毒のとげがあった。木の上には、体は鳥で頭は女の姿をし、鋭《するど》い爪《つめ》と大きな腹をもった怪物《かいぶつ》ハルピュイアイが巣を作りわめいていた。

「ここから灼熱《しゃくねつ》の砂浜につくまでが、第二環《だいにかん》だ。よく見ておきたまえ。」

四方からに叫《さけ》び声が聞こえたが、姿が見えない。茨《いばら》の中に隠《かく》れているのだろうかと不思議に思っていると、先生が言った。

「木の枝を一本折ってみればわかる。」

わたしがそうすると、その木が叫んだ。

「なぜわたしを折るのだ。」

木から黒い血が流れ出た。

「なぜむしる。きみには憐《あわ》れみの心がないのか。わたしたちは人間だったが、木に変えられたのだ。」

わたしは、黒い血を見ておののき、思わず小枝を落した。先生が言った。

「わたしがこの人に折らせたのだ。ゆるしてくれたまえ。彼がふたたび地上にもどったら、彼によってきみの名誉《めいよ》を回復《かいふく》してあげよう。」

すると木は言った。

「優《やさ》しいお言葉をいただきありがとうございます。わたしは皇帝《こうてい》フリードリヒさまに仕える家臣《かしん》でした。王様に忠実《ちゅうじつ》にお仕えしておりましたが、それをねたんだ者が王様にあらぬことを告げ口し、王様の怒《いか》りを買いました。それでわたしは自ら命を断ったのです。この木の新しい根にかけて、わたしは王様に背《そむ》いたことがないことを誓《ちか》います。この人が地上にもどれるなら、わたしの名誉《めいよ》を回復《かいふく》してください。」

木はそう言って黙《だま》った。

先生は言った。

「何かききたいことがあれば、尋《たず》ねたまえ。」

そこでわたしは言った。

「わたしは、彼がかわいそうでとてもできません。先生がもっと尋ねてください。」

「この人が地上できみの願いをかなえることができるよう、もっと語ってくれたまえ。きみは木になったのか。木から解き放たれた者はいるのかね。」

すると木は激《はげ》しくため息をつきながら言った。

「自死者《じししゃ》の魂《たましい》はこの森に落ち、ライ麦のようにやがて芽を出し、若木《わかぎ》になり成長すると、あの怪物《かいぶつ》の鳥が葉をついばみ苦痛《くつう》を与えます。わたしたちは自分のなきがらを引きずってきますが、自分の木の上にそれはかけられ、怪物がついばむのです。」

そのとき森の左から、二人の裸《はだか》の男が、身をかき裂《さ》かれたまま脱兎《だっと》のごとくかけてきた。

前を走る者が言った。

「さあ、早く走れ。死が追ってきた。」

後の者が言った。

「待ってくれ。きみの足はそんなに速かったか。」

そういって息を切らし、茨《いばら》に倒《たお》れこんだ。

黒い雌《めす》犬の群れは彼を見つけるとずたずたに噛《か》み裂いて、体を運び去った。

二人とも浪費《ろうひ》で自分の財産を使い果たして死んでしまった者たちであった。

先生はその草むらにわたしを連れていったが、その草むらは折れた茎《くき》から血を流して泣いていた。先生が誰《だれ》かときくと、彼は、木の葉を自分にかけてくれるように願いながら、自分はフィレンツェの人で自分の家で首をつったのだと答えた。

火の雨

わたしはその霊《れい》に木の葉をかけてやった。わたしたちは、自死者《じししゃ》の森を出て、第二環《だいにかん》と第三環《だいさんかん》の境にやってきた。そこは木一つ生えていない乾《かわ》いて荒れた砂原だった。そこでは、おびただしい人が、砂原にアルプスの雪のように降《ふ》ってくる火の灼熱地獄《しゃくねつじごく》の中で、ある者は横たわり、ある者はうずくまり、ある者は歩きまわっていた。神を汚した罪で責め苦を受けていた。

わたしは言った。

「先生、あそこで火をものともせず、臥している男は誰《だれ》ですか。」

するとその声を耳にした男が叫《さけ》んだ。

「おれは死んでも生きていたときと変わらない。誰がどんなにおれに復讐《ふくしゅう》しようと攻撃《こうげき》しても、おれはへこたれないぞ。」

先生はすかさず大声で言った

「カパネウス、お前の傲慢《ごうまん》がいっそう重い責め苦を招くのだ。」

それから、わたしに向かって言った。

「この者は、テーバイを責め囲んだ七人の王の一人で、ゼウスをののしったため、雷《かみなり》に撃《う》たれて死んだのだ。だが、ここに来ても昔と変わっていない。さあ、ついてきたまえ。灼熱の砂に焼かれないよう、森に沿《そ》って歩くのだ。」

わたしたちはだまって歩き、森から小川が流れ出ている場所に着いた。驚《おどろ》いたことに川の水は真っ赤で、川底も両方の堤《つつみ》も石でできていた。

「この川は、ふってくる火をことごとく消してしまうのだ」と先生が言ったので、わたしは、「もっとこの川について説明してください」と頼んだ。

「昔、世界の中心にクレタ島という楽園があり、王様のもとで栄えていた。クロノスの妻レアが子どもを生んだとき、クロノスは自分の地位が危《あや》うくなるのを恐れて、その子を食ってしまった。やがてゼウスが生まれたとき、クロノスはゼウスを殺そうとした。母はその子をクレタ島の山イーダに隠《かく》したのだ。今はその楽園も山も荒れ果ててしまった。その山には一人の年老いた巨人《きょじん》の像が立っている。それは、頭は金、両腕《うで》と胸が銀、股《また》までは銅、その下は鉄だが、右足だけは素焼《すや》きの赤土でできていて、頭以外には、ひびがはいり、そこから涙《なみだ》がしたたり、それが流れ集まって地獄《じごく》のアケロン川、スティージュの沼、フレジェトンタとレーテの川になるのだ。」

「フレジェトンタとレーテの川はどこですか。」

「この赤い川がフレジェトンタだ。レーテはやがて目にするだろう。さあ、森を離《はな》れる時がきた。この川に沿って行こう。」

恩師ラティーニと三人の名士《めいし》

川べりに沿《そ》って進み、森がどこにあったかもわからなくなったころ、こちらに向かってやって来る亡霊《ぼうれい》たちの群れに出合った。彼らは鋭い目でわたしたちを見たが、その中のひとりがわたしに気が付き、裾《すそ》をつかまえて言った。

「何という不思議。」

わたしはその焼けただれた人がフィレンツェ時代のわたしの恩師であることに気がついた。

「ラティーニ先生、あなたでしたか。」

「わが子よ、きみがよければ、わたしはちょっと後《あと》もどりしてきみと話がしたい。」

「あなたがここに立ち止まれというならそうしましょう。」

「いや、われわれ亡霊は立ち止まると、ひどい罰《ばつ》を受けるのだ。」

そこでわたしは川べりの下の砂原を歩く老学者の横を、頭をたれ、かしこまって歩んだ。

「きみがここに来たのはなぜかね。またあの案内人は誰《だれ》かね。」

「わたしが地上で暗い森に迷い込み、苦しんでいたとき、ヴィルジリオさまが現れ、わたしを家まで案内してくれているのです。」

「きみは、きみの生まれた星にしたがって行くなら、かならず栄光の港に達するよ。ぼくが早死にしなかったなら、きみの仕事を励《はげ》ますことができただろうに。あの恩知らずの汚れたフィレンツェの人たちは、みなきみの敵となるだろうが、きみは彼らから離れて、きみに約束された大いなる誉《ほま》れを得るようにしたまえ。」

「わたしの願いが聞かれたならば、あなたは世を去ることはなかったでしょう。わたしに人の生きる尊《とうと》い道を教えてくださったあなたをわたしがどれほど慕《した》っているかはおわかりでしょう。あなたのお言葉はわたしがベアトリーチェさまのもとに行くまで心にとめておきましょう。」

わたしは、さらに恩師に尋《たず》ねた。

「ここにいるあなたの仲間でもっとも名のある優れた人は誰《だれ》ですか。」

すると恩師は言った。

「いちいち語っている時間はない。みな、名高い立派な坊《ぼう》さんや学者たちだよ。ただ、みなあの男色《だんしょく》の罪を犯した人たちなのだ。」

そう言い終わると、恩師はくるりときびすを返して一目散《いちもくさん》に仲間のほうへと駆《か》けて行った。

やがて、第八圏《けん》に落ちる水のとどろきが聞こえてきた。そのとき、火で責められている亡霊《ぼうれい》の中から三人の者が、わたしたちのほうに駆けてきた。

「止まれ！　きみたちの身なりからして、われわれと同郷《どうきょう》の者にちがいない。」

すると先生は言った。

「彼らは、火で焼けただれてはいるが、みな尊敬すべき人たちだ。」

わたしたちが立ち止まると、三人は輪になって、足と反対向きに首をわたしたちのほうにねじりながら、ぐるぐると回り始めた。その中の一人が言った。

「今は、火で顔が焼けただれていますが、わたしたち三人はいずれも知恵や武勲《くん》で名声を得たフィレンツェの名士《めいし》だった者です。」そして名前を述べた。

わたしは、彼らを抱《だ》きしめたいと思ったが、火の中に足を踏《ふ》み入れることはできなかった。

「あなたがたの姿はわたしに深い憐《あわ》れみを起こさせます。わたしはあなたがたと同じ町の出身です。あなたがたの誉《ほま》れを聞き、また学んできました。わたしは今、案内者とともに地球の中心まで下っていかなければなりません。」

「きみの名声が末永く続かんことを。あの町は栄えているか、それともすたれてしまったか、教えてほしい。」

「ああ、あの町はおごりと欲にふけって、すっかり堕落《だらく》してしまいました。」

「そんなにあけすけに語れるきみは幸せだ。地上にもどったら、わたしたちのことも語ってください。」

そう言うと輪が解かれ、あっという間に消えてしまった。

わたしたちは赤い水がごうごうと流れ落ちる谷にやって来た。わたしは、腰《こし》ひもを巻《ま》いていたが、先生の命じるままに、それを解き、丸めて先生に手渡すと、先生は、やおらそれを深い谷底へ投げ込んだ。

「見るがよい。これに答えてある者が昇《のぼ》ってくるから。」

すると谷の底から奇怪な獣《けもの》が泳ぐように浮かび上がってくるのが見えた。

怪獣ゲリュオン

「ほら、怪物《かいぶつ》がやって来た。」

先生はこう言ってわたしに崖《がけ》ぶちに近づくように合図した。そこにいたのは、三人三身の体をもったゲリュオンという怪物で、人の顔をした部分のほかはすべて蛇《へび》の毛に覆《おお》われており、尾の先には尖《とが》った毒針《どくばり》をもっていた。怪物は頭と胸を

崖の上にのせ、尾は毒針とともに後ろで空中にはねあげていた。

先生は言った。

「さあ、あの獣の所まで行かなければならない。」

十歩ほど歩んだとき、わたしはまわりの砂原に何人かの者が座《すわ》っているのを見た。

「第三環《かん》を後にする前に、きみは彼らの様子をちょっと見てきたまえ。わしはその間に、わしらを背中に乗せてくれるよう怪物に頼んでみる。」

そこでわたしは第七圏《けん》のはしにいる亡霊《ぼうれい》の所に行った。彼らは例によって火の責め苦を受けて呻《うめ》いていたが、それが誰《だれ》かはわからなかった。なぜなら彼らはみな、それぞれに色や記号のついた財布を首につり下げ、その中に頭をつっこんでいたからである。黄色の財布に獅子《しし》の紋章《もんしょう》のある財布をつり下げた者、赤い財布に白い鵞鳥《がちょう》の紋章のある財布を下げた者、青の財布に雌豚《めすぶた》の紋章のついた財布を下げた者がいた。それは、フィレンツェやパドヴァで高利貸《こうりか》しを営む名門の家の紋章であった。

わたしは時間を気にして、道を引き返した。するとすでに怪物の背に乗ってい
た先生は言った。

「さあ、勇気を出すのだ。この怪物《かいぶつ》の背に乗ってこの谷を降《お》りるぞ。きみはわたしの前に乗りたまえ。」

わたしが必死で乗ると、先生はわたしをしっかりと抱《だ》きかかえて言った。

「ゲリュオン、さあ動け。回りながら下れ。背中の荷物に気をつけろ。」

怪物はゆっくりと何十回も輪をえがきながら下っていった。そのときわたしの感じた恐怖《きょうふ》は、神々に背《そむ》いて空から落下したパエトンやイカロス以上のものであった。下からは責め苦を受ける亡霊《ぼうれい》たちの叫《さけ》びが四方から聞こえてきた。やがて怪物は、第七圏《けん》と八圏の境にある切り立った岩の上にわたしたちをおろすや否《いな》や、飛び去った。

マレボルジャ　第一と第二の濠《ほり》

わたしたちは第八圏に降り立った。そこはマレボルジャと呼ばれ、十個の谷か

らなっていた。マレボルジャとは邪悪《じゃあく》の濠という意味である。

岩場の上を左まわりにいくと、濠の底では、多くの裸《はだか》の人が、二列をなし、一方はわたしたちと同じ向きに、もう一方はこちらに向かってぞろぞろと歩いていた。角《つの》のはえた鬼たちがあちこちにいて、彼らの背中を大きな鞭《むち》で容赦《ようしゃ》なく打っていた。その中にわたしは見覚えのある人を見つけて、足を止めた。先生もゆるしてくれたので、わたしは後《あと》もどりした。

するとその鞭打たれていた人は顔を伏《ふ》せた。

「きみは、ぼくの見まちがいでなければヴェネディィコ君だね。どうしてここで鞭を打たれているのかい。」

「思い出したくないことをきみは思い出させる。ぼくは侯爵《こうしゃく》の歓心《かんしん》を買うため実の妹をだまして侯爵と道ならぬ恋《こい》をさせた罪でここに入れられたのだ。ぼくと同じボローニャ人はここにたくさんいるよ。」

彼がこう話している間も、鬼は彼を鞭で打ちながら言った。

「とっとと歩け。女衒《げぜん》、ここにはお前のだます女はいないぞ。」

女衒《げぜん》とは婦女子をだまして売り飛ばす者のことで、ここにはそのような罪をおかした者たちが永遠に鞭《むち》打たれているのだ。

わたしは先生のもとにもどり、次の第二の濠《ほり》に行く、堤《つつみ》から突《つ》き出た岩場に上がり、右に回ると先生は言った。

「下をごらん。今度は反対側の亡霊《ぼうれい》たちの顔を見ることができる。」

見るとそこには、女性をだました男たちが、同じようにここでも鬼に鞭打たれていた。

わたしたちは、やがて第二の堤からさらに下へとアーチを描《えが》いて伸びている岩の橋を登り、第二の濠に入り、橋の一番上から下を覗《のぞ》いた。濠の底からは悪臭《あくしゅう》が鼻をつき、一面、カビでおおわれていた。そこにいる人たちはみな糞尿《ふんにょう》を体中に浴びてもがいていた。わたしはここでも見覚えのある人を見つけた。男が叫《さけ》んだ。

「なぜおればかり見つめる。」

「きみはたしか、白党《しろとう》のルッカのアレッシオ君だね。」

「おれはへつらいの罪でここに沈んだのだ」

そのとき先生が言った。

「ほらあそこを見たまえ。あの糞《くそ》まみれで身をかきむしっている女を。あれは男にこびへつらった遊女のタイスだ。」

マレボルジャ　第三の濠

第三の濠に来てみると、そこは一面、わたしのふるさとの聖《せい》ジョヴァンニ教会の洗礼盤《せんれいばん》と同じほどの大きさのまるい穴が空いていた。その穴には、坊主《ぼうず》でありながら、自分の聖職《せいしょく》の地位を利用して金をため込み、あるいは、その地位を金で売り買いした者たちが、さかさまになって、ひざから上を穴の外に出して入れられ、足の裏《うら》を火で焼かれ、もがき苦しんでいた。この罪は、それを最初に犯した輩《やから》である、あの『使徒行伝《しとぎょうでん》』に出て来た魔術師《まじゅつし》シモンにちなんでシモニアと呼ばれる。

「先生、あそこの、ひときわ激《はげ》しく燃えているのは誰《だれ》ですか。」

「きみをもっと下のほうまで連れていってやろう。」

こうしてわたしは、先生に抱《だ》きかかえられて堤《つつみ》を下って濠《ほり》の底まで行った。

わたしは言った。

「そこのさかさまになっている霊《れい》よ、ものを言いたまえ。」

「おお教皇《きょうこう》ボニファティウス、きみはもうここに来たのか。あれだけ聖《せい》なる教会からかすめとった財宝《ざいほう》にもう飽《あ》きたのかい。」

意味がわからず返事に困《こま》っていると、先生は言った。

「早く、違うと言いたまえ。」

そう言うと、亡霊《ぼうれい》は涙《なみだ》声で言った。

「きみは何をききたいのだ。わたしは、オルサ家出身の者だ。一族の栄達をはかって金で教皇の地位を得たニコラウスだ。ここより低いところの穴には、わたしより前に同じように聖職《せいしょく》を金で売り買いした者たちがいる。後から来る者があるたびに、わたしの穴は下に沈んでいくのだ。やがて同じ悪行をした教皇クレメンテもここにやって来るだろう。」

わたしは思わずきつい言葉を放った。

「答えたまえ。キリストがペテロに天国の鍵《かぎ》をお与えになったとき、財宝をお求めになったでしょうか。ただ従うことだけを求めたのではありませんか。マッテアがユダの代わりに使徒《しと》に選ばれたとき、ペテロも他の使徒たちも金銀を求めたでしょうか。教皇のお立場を敬《うやま》う者でなかったなら、わたしはもっときびしい言葉を吐《は》いたでしょう。それなのにあなたがたは自分の地位を利用して金銀財宝を蓄《たくわ》えました。あなたがたは、あの黙示録《もくしろく》に出て来る大淫婦《だいいんぷ》よりも大きなわざわいの母となったのです。」

この間、霊は足をばたばたさせてもがいていた。

先生はわたしの言葉に満足したらしく、またわたしを抱《かか》えて引き返し、岩礁《がんしょう》の上でわたしを下ろした。目の前に次の谷が口をあけていた。

マレボルジャ　第四の濠《ほり》

その谷の底には、首を後ろにねじ曲げられて、泣きながら、後ろ向きに行列をなして歩いている人たちが見えた。彼らが流す涙は尻《しり》のほうに流れていた。わたしは、彼らの姿を見て、おもわず涙をこぼした。

すると先生は言った。

「きみは愚《おろ》かな人と同じだ。彼らは神から正しい裁《さば》きを受けているのだから、心を痛《いた》めることなどないのだ。あの人たちは、占《うらな》いや魔術をおこなって、未来のことを見ようとしたので、神の裁きを受けて、今では、顔をねじ曲げられて、後ろ向きに歩まされているのだ。ほらあそこには、いにしえのギリシャの占い師アンフィラオやティレシアもいる。またあのふりみだした髪《かみ》で乳房《ちぶさ》を隠《かく》し、むこうを歩いている毛深い肌《はだ》の女は、ティレシアの娘で、わたしの故郷マントヴァを築いた占い師マントだ。」

「ほかにも知った人がいますか」というわたしの問いに、先生はひとりひとり指さしながら名前を告げた後、言った。

「さあ、月が地平線に沈む時間だ。きみが昨夜、暗い森に迷い込んだときは、満月だった。」

先生が話している間も、わたしたちは歩き続けた。

マレボルジャ　第五の濠《ほり》

第五の濠の堤《つつみ》の一番高いところから下をのぞくと、そこは濃《こ》いタールが、グツグツと煮《に》えたぎっていた。まるでベネチアの造船所で船の水漏《も》れを修理するために塗《ぬ》られる松脂《まつやに》のような色をしていた。

「きみ、気をつけろ。」と言って先生は、自分のほうにわたしを引き寄せた。振り向くと、一人の悪魔《あくま》が恐ろしい形相《ぎょうそう》で、岩場を走ってくるのが見えた。見ると、一人の罪びとを背負っており、わたしたちの橋まで来ると叫《さけ》んだ。

「おい、相棒《あいぼう》たち。このルッカの年寄りを池につけるのだ。おれはまたあの町にもどらないといけない。あの町の役人はどいつもこいつも汚職《おしょく》にまみれたやつばかりだ。」

こう言って悪魔は老人を投げ込むと、ただちに引き返して行った。

老人が池から背中を出すと、そばにいた悪魔たちが叫んだ。

「おれたちに槍《やり》で突《つ》き刺されたくなかったら、体を池の上に出すな。」

彼らは老人を三叉槍《さんさそう》で百回以上も突き刺した。それはまるで、料理番が助手に命じて肉が浮かばないようにフォークで突き刺して沈めるようだった。

「タールの池の中で盗《ぬす》むものがあれば盗んでみな。」

先生はわたしに言った。

「きみはこの岩場に隠《かく》れていなさい。わしが彼らと話をつける。心配しないで見ていたまえ。」

先生が第六の堤《つつみ》まで進んだとき、悪魔《あくま》たちが駆《か》け出してきて三叉槍を構えた。

先生は言った。

「手をおろせ。お前たちの隊長を出せ。」

すると悪魔たちは叫《さけ》んだ。

「マラコーダ、出てくれ。」

隊長が、「何だ」と言いながら出て来たとき、先生は言った。

「お前たちの妨害《ぼうがい》のあるなかで、わたしたちがここまで来られたのは、神の思《おぼ》し召《め》しだ。」

するとß隊長は三叉槍を捨てて他の悪魔たちに言った。

「それでは仕方がない。」

先生がわたしに出て来るように呼んだので、急いで岩場を出て先生のところに行くと、悪魔たちも近寄ってきた。わたしは彼らから目を離《はな》さず、先生にしがみついた。悪魔たちは言いあった。

「こいつの尻《しり》をこの槍で突き刺してやろうか。」

「よせ」と隊長は言って、こんどはわたしたちに向かって言った。

「これから先は第六の橋が壊《こわ》れていて先には進めませんぜ。例のキリストの陰《よ》府降《みくだ》りの事件でこの道が壊れて一二六六年もたっちまったので。この橋のむこうにまだ壊れていない橋があって、そこからなら次の谷に進めます。そこまであっしの手下の者を十人、護衛《ごえい》につけましょう。」

隊長はそういって十人をひとりずつ指名した。みな名前があって、バルバリッチャがリーダーとなった。悪魔は呼ばれるたびに、歯から舌を出し、隊長は屁《へ》を鳴らした。

わたしは不安になって先生に言った。

「わたしたちだけで行きましょう。あいつら歯をがちがち鳴らしていますよ。」

「こわがらなくともよい。あれは、池の中の亡霊《ぼうれい》にしているのだ。」

わたしたちは悪魔《あくま》たちと堤《つつみ》に沿《そ》って進んだ。池の中には亡霊がイルカや蛙《かえる》のように水面に顔を見せていたが、悪魔たちを見るとすばやくタールに身を沈めた。かわうそ隠《かく》れそこなった一人の亡霊を、悪魔は三叉槍でひっかけて引き上げた。かわうそのようなありさまだった。

わたしは先生に言った。

「あれが誰《だれ》かきいてみてください。」

先生がきくと彼は答えた。

「わたしはナバール王国の出身のチャンポーロという者ですが、ある王様のもとでひどい汚職を働いたので、この池に投げ込まれたのです。」

先生がほかにもイタリア人がいるかときくと、彼は坊主《ぼうず》のゴミタやその仲間の名をあげた。その間も悪魔たちは男を爪や三叉槍《さんさそう》でひっかきまわし続けた。ところが、悪魔たちが油断した一瞬《いっしゅん》のすきをついて、男はリーダーの腕《うで》をすりぬけ、池に飛び込んで消えてしまった。そのことで二人の悪魔が堤の上でとっくみあいの喧嘩をはじめた。ふたりは、もんどりうってタールの池に落ちた。翼《つばさ》が焼けて飛び立てない。バルバリッチャはすぐ四人の悪魔に三叉槍を持たせて、救助に飛び立たせた。彼らが二人の悪魔をひきあげると、すでに体が溶《と》けていた。そのどさくさに紛《まぎ》れ、わたしたちは逃《に》げ去った。

マレボルジャ　第六の濠《ほり》

わたしは、先生のうしろを歩いたが、悪魔たちが追って来ると思うと、身の毛がよだつのを覚えた。

「先生、急ぎましょう。悪魔はきっと追ってきます。」

「わしもそう思うよ。右の堤を下って、次の濠に移れば、彼らから逃《のが》れることができる。」

先生がそう言い終わらないうちに、悪魔《あくま》たちが翼《つばさ》を広げやって来るが見えた。先生は、火事を見た母親が肌着《はだぎ》一枚でわが子を抱《かか》えて逃《に》げるように、すぐさまわたしを抱《だ》き、岩場を下って行った。

わたしたちが第六の濠《ほり》の堤《つつみ》に着いたとき、悪魔は岩場の頂きに来ていたが、第五の濠の外に出ることのできない彼らは、もはやなすすべはなかった。

下を見ると、頭巾《ずきん》のついた外套《がいとう》を着た人たちが、重い足どりで涙《なみだ》を流しながら歩いていた。その外套は、表は金ばりだが、裏《うら》は重い鉛《なまり》であった。

わたしは歩きながら先生に言った。

「誰《だれ》か名の知られた人がいますか。」

すると、わたしのトスカナ弁を耳にしたひとりの男が後ろから叫《さけ》んだ。

「そんなに早く行かないでください。わたしはあなたの望みにこたえられます。」

先生はわたしに歩みをとめて待つように言った。

すると二人の者がやっとのことで追いつき、わたしを見て言った。

「おや、のどが動くこの男は生きているぞ。重い外套も着ないで。」

それからわたしに言った。

「トスカナのお方。あなたは誰ですか。」

「わたしはフィレンツェ生まれで、そこの育ちで、今も生きています。ところできみたちがそんなに苦しんでいるのは何をした罰《ばつ》なのですか。」

すると一人が答えた。

「わたしはカタラーノ、彼はロデリンゴです。二人ともボローニャの修道士《しゅうどうし》ですが、フィレンツェの長官として呼ばれ、そこで偽善《ぎぜん》を働いたのです。」

わたしは「それは」と言いかけたが、すでに目は地面に杭《くい》で十字のはりつけになってもがき苦しんでいる男に釘《くぎ》づけになった。

修道士は言った。

「あれは、キリストを死なすようにユダヤ人にすすめた大祭司《だいさいし》カヤパです。彼は、ここを通る者の重みを、その裸《はだか》の身に永遠に受けなければならないのです。かれのしゅうとのアンナスやユダヤの最高議会の議員たちもここで同じ責め苦を受けています。」

先生は修道士《しゅうどうし》に言った。

「この堤《つつみ》から次の濠《ほり》に出る道はありますか。」

「あなたが考えているよりもっと手前に、第六の橋があります。橋は崩《くず》れてしまっていますが、崩れた岩を登って行くことができます。」

「さては、マラコーダの奴《やつ》、だましたな。」

「あれは大ウソつきですよ。」

先生は怒《おこ》りながら歩き出し、わたしも後にしたがった。

マレボルジャ　第七の濠

先生の顔は一瞬《いっしゅん》くもったが、崩《くず》れた橋まで来ると明るい顔でわたしに言った。

「さあこの岩をよじ登るのだ。」

わたしは必死で岩伝いに登ったが、頂上まで来ると息が切れてそこにすわりこんでしまった。すると先生は言った。

「さあ、もう立ちなさい。羽根布団《はねぶとん》の上に座《すわ》り、毛布にくるまれて寝ていては、名をあげることはできない。それでは煙《けむり》や泡《あわ》のように世には何も残らない。意志の力で弱い肉体に勝つのだ。」

わたしは立ち上がり、言った。

「行きましょう。先生のお言葉で勇気が出ました。」

岩場の上はさらにごつごつして険《けわ》しかったが、わたしは弱虫と思われないよう先生について行った。下のほうから声がしたが、聞き取れなかった。

「先生、下に降《お》りていきましょう。ここではわかりません。」

「そうだ。実行あるのみだ。」

わたしたちが橋を降りていくと、濠にはおびただしい人が、蛇《へび》に全身をからまれてもがき苦しんでいた。その中の一人が首を噛《か》まれた。すると、燃えて灰になった。しかし、灰がまたひとりでに集まり、たちまちもとのからだになった。これが永遠にくりかえされるのである。

先生はこの男に、きみは誰《だれ》かと尋《たず》ねた。

「わたしは、最近ここに来た者で、ピストイア出身のヴァンニ・フィッチという者です。」

わたしは先生に言った。

「彼に、どんな罪でここに落されたのかきいてください。わたしはこの男を知っています。」

すると彼はわたしのほうを向いて言った。

「あなたにこの無様《ぶざま》な姿《すがた》を見られるのはつらい。わたしは教会の聖《せい》なる器具を盗《ぬす》み、他人に罪を着せたかどで死刑になったのです。だが、あなたにも悲しいことがおこりますよ。あなたの属している白党がピストイアから黒党を追い出しますが、その黒党が、やがて今度はあなたの町のフィレンツェから白党を追い出し、あなたも追放《ついほう》されることになるでしょう。」

そしてひわいなしぐさをしながら神をののしったが、二匹の蛇《へび》が彼にからみついた。またケンタウロスのひとりで盗賊《とうぞく》であったカーゴも、蛇をうじゃうじゃ背に乗せてヴァンニに迫《せま》ってきた。

そこに三人の亡霊《ぼうれい》が来て、わたしたちを見て「きみたちは誰《だれ》だ」と叫《さけ》んだ。

すると「チャンファがいないぞ」とひとりが言った。

とつぜん、六本の足のある蛇が飛び出し、三人のひとりの体にぴったりと足でからみついた。すると両者は蝋《ろう》が溶《と》けるように合体した。

ふたりが叫んだ。

「アニェル、何ということだ。」

蛇でも人でもないその化け物はゆっくり立ち去った。

そこに、トカゲが道を横切るように、黒い小蛇が走ってきて、残ったふたりのうちの一方のへそに頭を突《つ》き刺した。亡霊は足をふんばったが、口とへそから激《はげ》しく煙《けむり》が出て、やがてみるみる蛇は人に変わり、男は蛇に変わり、お互いが入れ替わった。蛇はシュルシュルと谷を這《は》っていった。その後ろで蛇から人に変わって立ち上がった男が叫んだ。

「ブォーゾ、おれが今までしていたように地を這うがいい。」

その言葉でわたしは、変身することなく残ったひとりがフィレンツェの盗賊プッチョで、あの小蛇から人になった男が同じくフィレンツェの盗賊《とうぞく》ガヴィーレだと知ったのである。

マレボルジャ　第八の濠《ほり》

フィレンツェの名声がここまで伝わり、やがてこの町が味わう不幸に思いめぐらしながら、わたしは岩場のさびしい道を進んだ。そのとき、橋の下のほうに、夏の夕べに谷間のぶどう畑をたくさんの蛍《ほたる》が照らすように、一面に炎《ほのお》が見えた。谷底がよく見えるところまで来て、身を乗り出して下をのぞいたが、火に包まれて天に昇《のぼ》ったエリヤの姿《すがた》をエリシャが見ることができなかったように、たくさんの火のかたまりしか見えなかった。

すると先生はわたしに言った。

「亡霊《ぼうれい》はあの火の中に包まれているのだ。」

「わたしもそうだと思っていました。ところであのひときわ大きな火に包まれてこちらに向かって来るのは誰《だれ》ですか。炎が二本の角《つの》のように上で分かれていますが。」

「あの責め苦を受けているのは、オディッセウスとディオメデスだ。ふたりともトロイア戦争の英雄だが、トロイアの木馬で人をだまし討《う》ちにしたのでいっしょに火で焼かれているのだ。」

「先生、あの火がここに来るまで待ってください。火の中の霊《れい》と話をしたいのです。」

「よろしい。でも話すのはわしにまかせてほしい。彼らはギリシャ人だから。」

先生は火が近づいてくるのを見はからって言った。

「わたしは生きていたとき、きみたちのことを高らかに詩にした者だ。オディッセウスが放浪《ほうろう》ののち、最後がどうなったか、ひとつ教えてくれたまえ。」

すると大きな火の角がゆらめき、舌のように炎の先を動かしながら答えた。

「わたしは、多くの遍歴《へんれき》の後、ふるさとに残してきたわが子や年老いた父や愛する妻のことをこころにかけながらも、世界と人間の悪と善《ぜん》について見きわめたいという切なる思いを、とうとうおさえることができませんでした。

そこで一隻《せき》の船で仲間と一緒に地中海に乗り出しました。そして世界の西の果てとしてヘラクレスがジブラルタル海峡《かいきょう》に立てた標識《ひょうしき》のある所まで来たとき、さすがの仲間たちも尻込《しりご》みました。そこでわたしは言ったのです。

『おお、勇者たちよ、われらの命もあとわずかとなったが、諸君、われわれは、獣《けもの》のように生きるのではない。われわれ人間は、さらなる善《ぜん》と知識を求め、見知らぬ地へと向かってどこまでも進んでいくために造られたのだ。』

この演説で仲間もがぜん勇気がわき、わたしたちは、さらに西に進み、海峡を出て左にかじを取りました。やがて北極星は見えなくなり、南極の星々が見えた。航海をして五か月、見たこともない煉獄《れんごく》の山が南極に姿《すがた》を現した。わたしたちが喜んだのも束《つか》の間、その山からつむじ風が吹き、船は木の葉のように舞《ま》って、われわれは海の底に沈んだのです。」

先生がもう行ってよいと言うと炎《ほのお》は立ち去った。

するとわたしたちの所に別の炎が近づいてきて、しばらくもごもごした後、炎の先を動かして語りかけた。

「わたしにもあなたがたと話をさせてください。先のお言葉からしてあなたがたがたはイタリア人とお見受けします。わたしはロマーニャ出身の者です。教えてください。ロマーニャは今、平和ですか。それとも戦争をしていますか。」

先生はわたしに言った。

「これはイタリア人だから、今度はきみが話したまえ。」

わたしは、ロマーニャのことをよく知っていたので、くわしく彼に語ってから、彼の名を尋《たず》ねた。

「わたしがここにいる恥《はじ》が地上に伝わることはないので、言ってもよいでしょう。わたしはグイドと申します。騎士《きし》で智謀《ちぼう》と策略《さくりゃく》にたけた将軍として名を馳《は》せました。しかし、老年になったころ、それまでの生き方を悔いあらため、神の道に入ることを決心して、フランチェスコ様が開いた会の修道士《しゅうどうし》になりました。ところが、あの欲深い教皇《きょうこう》ボニファティウスが、イスラム教徒やユダヤ教徒とではなくキリスト教徒とばかり戦争して領土を拡大するのに躍起になり、わたしにこう言ったのです。

『わたしが今、攻めあぐんでいる城を倒《たお》す方法を教えてくれるなら、きみの罪を赦《ゆる》し、天国に行けるようにしてやろう。わたしは天国を開く鍵《かぎ》も閉ざす鍵も持っているのだ。』

そこでわたしは教皇《きょうこう》に入れ知恵をして言ったのです。

『教皇様、罪をお赦しくださるなら申し上げましょう。城を明け渡すなら、きみたちの名誉《めいよ》も財産もすべてもとにもどすと相手に嘘《うそ》の約束をして、城を明け渡させたら、その約束を破り、城も壊《こわ》すのです。』

やがてわたしが死ぬと、フランチェスコ様が迎えにきましたが、そこにひとりの悪魔《あくま》が現れこう言ったのです。

『こいつを連れて行くな。こいつは教皇に悪だくみを授けたからな。そのときから、おれはこいつの頭の上にいた。悔い改めない者に罪の赦しはないし、悔い改めと悪知恵とは両立しないのさ。』

そしてわたしをつかんで言った。

『どうだ、おれが論理家であることをお前は知らなかったろう。』

こうして悪魔はわたしを例のミノスのところに連れていくと、ミノスは尻尾《しっぽ》を八回振って、わたしをここに投げ込んだのです。」

炎《ほのお》はこう語るとしずしずと立ち去った。

わたしたちは橋を渡って次の濠《ほり》の門の上まで来た。そこには争いを引き起こした者たちがうごめいていた。

マレボルジャ　第九の濠

わたしがここで見た光景は言葉にはあらわせない。一人の亡霊《ぼうれい》が、頭の先から股《また》まで真二つに割られ、はらわたや汚物《おぶつ》をぶらさげて歩いていた。わたしが見つめていると、その男が言った。

「このように切り裂《さ》かれているわたしはマホメットだ。わたしの前を泣きながら行くのはわたしの婿《むこ》のアリだ。ここにいる者はみな生きている時に、不和や分《ぶん》裂《れつ》の種をまいた者たちだ。わたしたちは悪魔にこのように剣で一刀両断《いっとうりょうだん》にされるが、濠をめぐるうちに、その傷《きず》がふさがる。しかし、ひとめぐりすると、また悪魔に切り裂かれる。これが永劫《えいごう》に続くのだ。だがきみは誰《だれ》かね。きみの犯した罪の責め苦を待っているのかね。」

するとと先生が答えた。

「いやそうでない。この人は生きている。わたしは死んでいるが、彼に地獄《じごく》を案内しなければならないのだ。」

この言葉に驚《おどろ》いて百人以上の亡霊《ぼうれい》が、足を止めてわたしたちを見上げた。

「それではきみが地上にもどったら、教会に背《そむ》いて今山にたてこもって戦っているあのドルチンがここに来ることがないよう、冬に備えて十分食糧《しょくりょう》を蓄《たくわ》えるように伝えてください。」

マホメットはこう言って立ち去った。

わたしは、ほかの霊《れい》たちとも話をかわした。みな、それぞれ争いを引き起こした罪に応じて、のどや鼻や耳や舌や手など、体を切り刻《きざ》まれて歩いていたが、その中に、ぞっとするあるものを見た。

それは首のない胴体だけの者が、切られた自分の頭の毛をつかみ、まるで提《ちょう》灯《ちん》のように下げて歩いている姿《すがた》だった。

そして橋の下まで来ると、その提灯をわたしたちのほうにさしあげて言った。

「ああ、悲しい。そこの息をしながら見つめる者よ。こんな悲しい罰《ばつ》があるでしょうか。わたしはボルニオだ。国王ヘンリの息子を口説《くど》いて父王に背《そむ》くようにけしかけた罪で、このようなひどい裁《さば》きを受けているのです。」

わたしは泣きたい気持ちになった。

だが先生は言った。

「いつまで見つめているのだ。この谷は広いし、時間もあまり残されていないのだ。」

「ここにわたしの親戚《しんせき》の者がいるように見えたからです。」

「ほうっておきたまえ。わしは、きみを指さして怒《おこ》っている彼を見たよ。きみは気が付かなかったけれどね。そのうち行ってしまった。」

「先生、彼は他の家と争いを起こして殺されましたが、わたしの家が敵討《かたきう》ちを果たしていないのを怒って去ったのです。哀《あわ》れでなりません。」

マレボルジャ　第十の濠《ほり》

やがてわたしたちが、第十の濠まで下ると、そこからは鋭い叫《さけ》び声がし、悪《あく》臭《しゅう》がたち上ってきた。そこは、はやり病にかかった者を一か所に集めたように見え、ある者は腹這《はらば》いに、ある者は四つ這いに、またある者は背中合わせになって体をひきずりながら歩いていた。

その中の背中合わせになった者たちは、体中、できものでただれた皮膚《ひふ》を、まるで包丁《ほうちょう》で魚のうろこをこそぎ落すように、爪でかきむしっていた。

先生がそのひとりに言った。

「きみたちの中にイタリア人はいるかね。」

一人が泣きながら言った。

「わたしたちは二人ともイタリア人です。あなたは誰《だれ》ですか。」

「わたしは神の思《おぼ》し召《め》しで、この人を地獄《じごく》に案内している者だ。」

すると二人は背中合わせをといてこちらのほうを向いた。

先生が「何なりとききたまえ」と言ったので、わたしは言った。

「きみたちは誰で、生きている時に何をしたのですか。」

すると一人が答えた。

「わたしはアレッツォ出身の者です。シエナの司教《しきょう》の養子に『空を飛ぶ術を知っている』と言ったが、できなかったので、司教によって火あぶりにされました。しかし、ここに落されたのは、贋金《にせがね》づくりをしたためです。」

わたしは言った、「シエナの人ほど愚《おろ》かな人たちはいません。」

今度はもうひとりの霊《れい》がわたしに答えた。

「ほんとうに、あの宴会《えんかい》に明け暮れているシエナの人たちほど節度のある連中はおりませんぜ。高価なクチナシで味をつけるあの美食家なんかも。ところでシエナ人の悪口はここまでにして、あなたはわたしに見覚えがあるでしょう。錬金《れんきん》術《じゅつ》で多くの贋金づくりを働いた、あの猿真似にたけたフィレンツェのカポッキオの霊です。」

ちょうどそのとき、二人の青ざめた霊が凶暴《きょうぼう》な豚《ぶた》のように飛び出してきた。

その一人がカポッキオの首に噛《か》みつき、倒《たお》した。

するとアレッツォの男が震《ふる》えながら言った。

「あれはスキッキです。」

「もう一人は誰《だれ》かね。きみに噛みつかねばよいが。」

「あれは、昔、父親に恋《こい》をして、道を踏《ふ》みはずしたミッラの亡霊《ぼうれい》です。スキッキが父の遺産《いさん》をだまし取ったのと同じです。」

二人が立ち去ると、そこに、ひどい水腫《すいしゅ》のために体がふくれ、渇《かわ》きのために唇《くちびる》がひからび切った人がおり、わたしたちを見て言った。

「諸君、これがあの名匠《めいしょう》アダモの哀《あわ》れな姿《すがた》だ。今は一滴《いってき》の水さえ与えられぬわたしは、アルノ河の水の豊かな渓谷《けいこく》で贋《にせ》の金貨《きんか》をつくり、これをフィレンツェで用いたかどで火あぶりになった。わたしに贋金づくりを勧《すす》めた二人の仲間の一人もこの濠《ほり》にすでにいると聞いたので、奴《やつ》を見つけ出したいが、体がいうことをきかない。」

わたしは言った。

「きみの右に寄り添《そ》っている二人は誰《だれ》ですか。」

「一人はヨセフをだまして誘惑《ゆうわく》した例の妻、もう一人は木馬を城に入れるようにトロイアをだましたシノンの霊《れい》です。」

その一人が怒《おこ》ってアダモの腹をなぐると、アダモも顔をなぐり返して言った。

「おれはまだ手は動かせるぞ。」

「お前は火あぶりのときは縛《しば》られて手を動かせなかったが、贋金をつくる手さばきはもっと早かったな。」

「トロイアではそんな真実をお前は語らなかったな。お前は言葉でだまし、おれは金でだましたが。」

「おれは一回だましただけだが、お前は何度もだましたぞ。」

二人ののしり合いは掛け合いのように続いた。わたしが熱心に聞いていると、先生が言った。

「きみ、もう、わしは怒るよ。あんな者たちの言い合いに聴き耳をたてるのは品のない者のすることなのだ。」

わたしは恥《は》ずかしさで真っ赤になった。

巨人《きょじん》アンタイオス

わたしたちは第八圏《けん》のマレボルジャの谷を背にして、薄闇《うすやみ》の中を黙々《もくもく》と岸を横切った。

そのとき大きな角笛《つのぶえ》の音が聞こえ、前を見つめると多くの塔《とう》のようなものが立ち並んでいるように見えた。

わたしは先生に言った。

「ここは何という町ですか。」

「この薄闇では遠くからはそう見えるが、もっと近くに行けばそうでないことがわかるだろう。でもきみがびっくりしないように言っておくと、あれは塔ではなくて巨人なのだ。彼らはみな一つの井戸を囲む縁《ふち》に、腰《こし》から上を出して立っている。」

わたしたちが近づき、目がなれてくると、そこには、見るも恐ろしい巨人たちがゼウスの雷《かみなり》を浴びて立っていたが、目の前にすでに一人の巨人が立っていた。自然が象や鯨《くじら》を造るのはよいことだが、人間が悪意から理性を用いてこんな巨大な機械を作るなら、その暴力を防ぎようがないだろう。井戸の縁の上に出ている上半身だけでもゆうに六メートル以上あった。巨人が叫《さけ》んだ。

「ラファル・マイ・アメク・ザービ・アルミ！」

先生は言った。

「愚《おろ》かな魂《たましい》よ。何か叫びたいときには、きみの首にかけてある角笛をもちたまえ。」

それからわたしに向かって言った。

「彼はバベルの塔を建てたニムロデだ。うっちゃっておこう。言うことも聴くことも意味がわからないのだから。」

さらに左に進むと、両腕《うで》を前と後ろで縛《しば》られた巨人が姿《すがた》を現した。

「あれはゼウスに背《そむ》いた巨人フィアルテだ。」

「先生、先生がお書きになったあの巨人ブリアレオもいるのですね。」

izm.

「このあたりに巨人《きょじん》アンタイオスがいるはずだ。彼は話もできるし、縛《しば》られてもいないので、この井戸の底にわたしたちを運んでくれるはずだ。」

そのときフィアルテが身震《みぶる》いし、激《はげ》しく揺《ゆ》れて、わたしは死の恐怖《きょうふ》を感じた。

やがてアンタイオスの前にきた。彼は井戸から上に七メートルは突《つ》き出していた。

先生は巨人に言った。

「わたしたちを地獄《じごく》の川が氷に閉ざされる井戸の底、地獄の第四番目の川であるコキュトスにおろしてくれたまえ。この人が地上にもどるとき、きみの名誉《めいよ》を回復《かいふく》することにしよう。」

すると巨人はいそいそと両手をさしのべ先生をつかむと、先生は言った。

「来たまえ。わたしがきみをかかえよう。」

こうして巨人はわたしたちをやすやすとかかかえ、ユダと悪魔《あくま》の首領ルシファーを飲み込んだ井戸の底にわたしたちを置くと、すぐに身を起こした。

コキュトス

井戸の底に降《お》り立つと、どこからか声がした。

「気をつけろ。おれたちの頭をお前の足で踏《ふ》みつけないように歩け。」

見るとそこは、沼というより氷で、表面は鏡のよう、地上のどんな川もこれほどの氷に閉ざされることはなく、またどんな山が落ちかかっても割れないほどの分厚い氷であった。そこに、蛙《かえる》が顔を出すように多くの悩《なや》める魂《たましい》が氷漬《づ》けになって、歯と体をがちがち震《ふる》わせていた。

すると体をくっつけあって凍《こご》えている二人の者がた。わたしが尋《たず》ねると、二人とも血のつながりのある身内を殺したかどでここにいると告げ、またそこにいる者たちの多くの名前を挙げた。さらにわたしは、寒さのために紫色になった千もの顔を氷の沼に見た。第一の円はこうして身内を裏切《うらぎ》った者の責め苦を受けており、カイーナと呼ばれている。

井戸の中央に進み第二の円に入ったとき、わたしは一人の霊《れい》の頭を踏んでしまった。

するとその霊《れい》は泣きながら叫《さけ》んだ。

「誰《だれ》だ、踏《ふ》むのは。おれがモンタペルティの戦いで祖国のフィレンツェ軍を裏《うら》切《ぎ》った罰《ばつ》を、さらに苦しくするためなのか。」

「先生、ちょっと待ってください。あの男が気になります。」

先生が立ちどまったので、わたしは言った。

「そんなに怒《おこ》っているきみは誰《だれ》だい。」

「おれの頭をさんざん踏みつけて第二円のアンコーラを進んで行くお前こそ、誰だ。」

「教えるものか」

言い合いとなり、わたしがかれの頭の毛をつかみ、彼が犬のように吠《ほ》えているとき、そばにいた別の霊が叫んだ。

「こいつはボッカさ。」

「もうきかなくてもわかった。この裏切り者。」

「とっとと失《う》せろ。だが、おれのことをばらしたこいつのことも覚えておけ。」

わたしたちが彼から離《はな》れると、こんどは二人の人が一つの穴で凍《こお》っていて、上の人が下の人の頭に噛《か》みつき、その脳味噌《のうみそ》を食らっていた。

私は上の霊に言った。

「きみが獣《けもの》のように下の人の脳味噌をがつがつ食べている理由を、よかったら教えてくれませんか。」

すると霊は食い荒らした頭の髪《かみ》の毛で口をぬぐって言った。

「きみが誰でどうしてここに来たのか知らないが、言葉からどうやらフィレンツェの人とお見受けする。わたしはピサの貴族ウゴリーノ伯爵《はくしゃく》で、これはピサの大司教《しきょう》ルジェリだ。わたしがこの男の悪だくみによって捕《とら》えられ、殺されたことは、きみも知ってのとおりだ。でも、わたしの死がいかに残酷《ざんこく》なものであったかは知るまい。

わたしがとらえられ幽閉《ゆうへい》された塔《とう》、それはわたしたちのことがあって以来『飢《き》餓《が》攻《ぜ》め』の塔と呼ばれる牢獄《ろうごく》として用いられているのだが、そこである夜、不吉

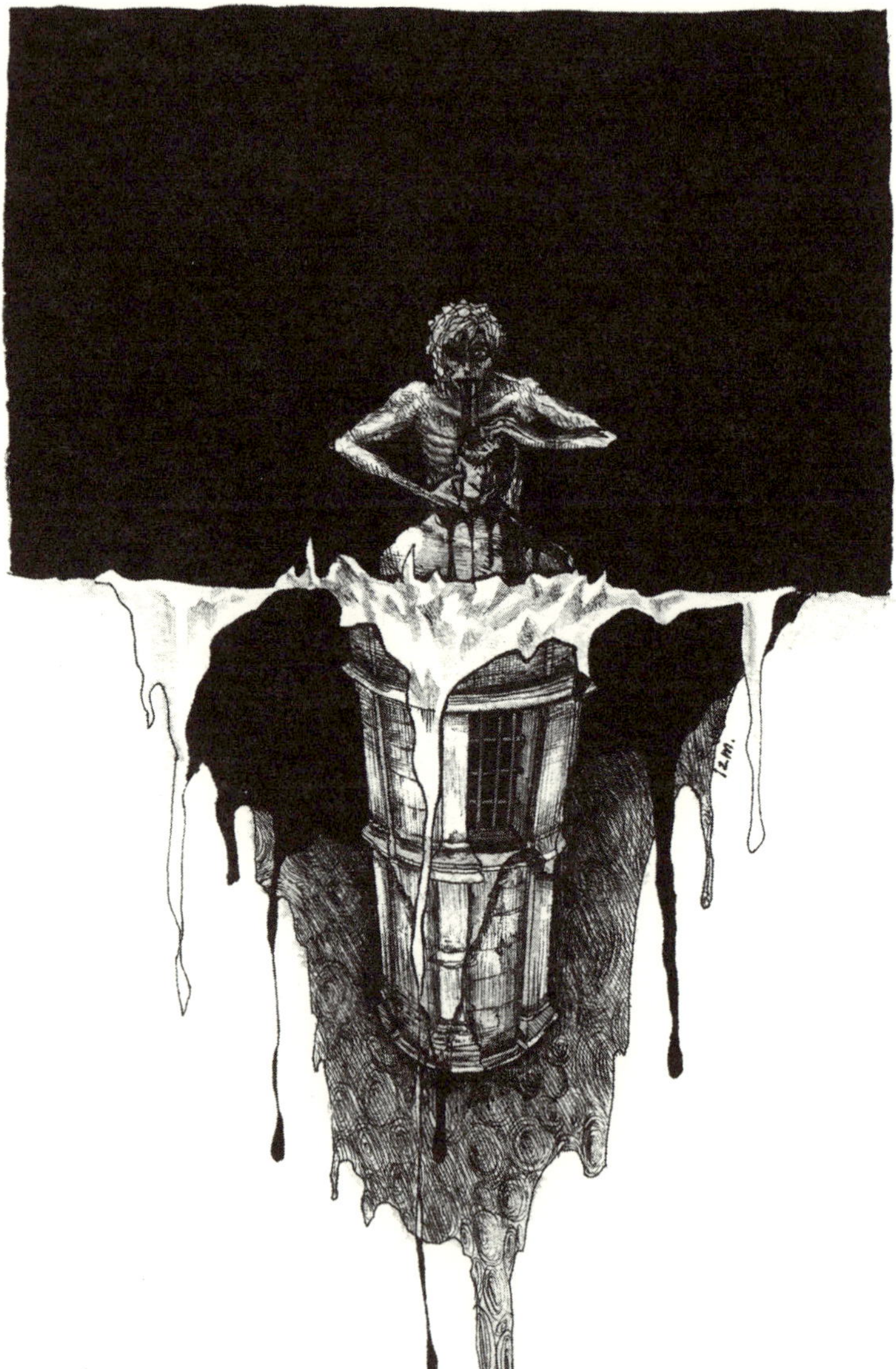

な夢を見た。

夢の中でこの男が、狼《おおかみ》とその子ども狼を狩る隊長となって、この塔《とう》の持ち主の男らを伴《ともな》い、ピサ人を犬のように引き連れていたが、犬が狼とその子どもたちを襲《おそ》い、脇腹《わきばら》を噛《か》み裂《さ》いたのだ。

夜が明けぬうちに目を覚ますと、私の子どもたちがパンを求めて泣いていた。やがて食事の時間が近づいた。そのとき塔の下の扉に釘《くぎ》を打つ音が聞こえた。わたしは泣かなかったが、子どもたちは泣いていた。

息子のアンセルムッチョが言った。

「お父さん、どうしてそんな顔をしているの。」

わたしは答えなかった。その日は泣くことも言葉を発することもなかった。

翌朝、窓に光が差しこんだとき、四人の子どもたちを見てわたしは苦悩《くのう》のあまり両手を噛んだ。

すると息子たちは、わたしが何か食べたくてそんな仕草《しぐさ》をしたのだと思い、言った。

「お父さん、わたしたちを食べてくださってもよいです。この哀《あわ》れな体はお父さんがくださったものですから。」

それから二日間、みな無言だった。

四日目にガッドが、「お父さん、どうして助けてくれないの」と言って息絶えた。五日目と六日目に残る子どもたちも倒《たお》れた。わたしは目が見えなくなったが、その後、二日間、子どもたちの名を呼び続けた。」

そう言って、霊《れい》はまた下の頭蓋《づがい》にはげしく噛みついた。

さらに進んでいくと、凍《こお》った体をあおむけにしている霊に出合った。苦しみのあまり流す涙《なみだ》がすぐ凍り、それがまた苦しみを増していた。

そのときわたしは風を感じて言った。

「先生、この風はどこから起こるのですか。ここでは風はないはずですが。」

「じきにわかるよ」と先生は答えた。

そのとき、氷で目がふさがった霊がわたしたちに叫《さけ》んだ。

「おお、地獄《じごく》の底へ行く者よ。わたしの目から氷をとってください。」

わたしは言った。

「きみが誰《だれ》か言ってくれないと、わたしたちは地獄《じごく》の底へ行ってしまいますよ。」

「わたしは坊主《ぼうず》のアルベリゴです。食卓に招いた客を殺したかどで、ここにいます。」

「きみはまだ生きているはずなのに、もうここにいるのか。」

「トロメアと呼ばれるこの第三の円には、生きているうちに体が悪魔《あくま》にゆだねられ、魂《たましい》だけ先にここに落されるのです。あれは、きみも知っているあのブランカだが、もう何年も前からここにいます。」

「きみは嘘《うそ》をついている。ジェノヴァ人のブランカはまだ地上で食い飲みして生きているぞ。」

「彼もまた食事の席に招いた者を殺したので、殺された者があのタールの濠《ほり》に落ちる前に、ここに来たのです。さあ、早くわたしの目の被《おお》いをとってください。」

しかし、わたしはそうせず、そこを立ち去った。

地獄の底

わたしたちは遂に地獄の底であるコチトの第四の円に降《お》り立った。そこは恩人を裏切《うらぎ》った者たちが氷の中でもがいていた。中心まできたとき、先生は言った。

「これが悪魔大王のルチフェルだ。かつては美貌《びぼう》の天使だったが、いまは醜悪《しゅうあく》な姿《すがた》をしておる。」

見ると、それはすさまじい巨人《きょじん》で、氷の上に胸を半分出していた。前と左右に三つの頭があり、それぞれ二枚の蝙蝠《こうもり》のような羽をもち、それをばたばたさせていた。風はこのせいだった。コチトが凍《こお》りついているのも、先に風を感じたのもこのせいだ。

巨人は三つの口にそれぞれ一人の人をくわえて噛《か》み砕《くだ》いていた。

先生は言った。

「真ん中で噛まれているのはキリストを裏切ったイスカリオテのユダだ。その名にちなんでここはジュデッカと呼ばれるのだ。左右にいるのはカエサルを裏切《うらぎ》ったブルータスとカシウスだ。さあ、でももう行かねばならない。」

先生はそういうと、ルチフェルの羽が開くのを見はからって脇腹《わきばら》につかまり、氷の層《そう》を下って行った。腰《こし》のあたりまで来たとき、先生は頭を回転させて言った。

「しっかりつかまっていなさい。ここが地球の中心で、われわれは、今度はここから地球の反対側の南極に登っていくのだ。」

「先生、もう少し説明してください。」

「ルチフェルが天から堕落《だらく》したとき、頭から南極に突《つ》き刺さり、大地が盛《も》り上がってできたのが煉獄《れんごく》の山で、南半球にあった陸は海に隠《かく》れて北半球に逃《に》げたのだ。わたしたちがこれから登る隙間《すきま》はその跡《あと》なのだよ。」

わたしたちはこうしてトンネルを抜け、ふたたび星を仰《あお》いだのだった。

煉獄《れんごく》への旅

渚《なぎさ》にて

わたしたちは煉獄の島の岸辺に立った。東の空には明けの明星が輝《かがや》き、清らかな大気が満ちていた。改心をした魂《たましい》はこの山で浄《きよ》められ、天国へと向かうのだ。なぎさに一人の老人が立っていた。煉獄の番人カトーである。

彼が「何者か」と尋《たず》ねたので、先生はわたしたちの旅が神の思《おぼ》し召《め》しであることを言い、わたしについてこう紹介《しょうかい》した。

「どうか彼を歓迎《かんげい》してください。この人は自由を求めて歩みます。命をかけても尊《とうと》い自由のためにです。」

老人は、これをきいて煉獄《れんごく》の山に登ることを許し、「その前に岸辺で顔を洗って、地獄《じごく》の汚れを落とし、そこに生えるイグサを腰《こし》に巻《ま》くように」と言って消えたので、わたしたちは言われたとおりにした。波風に打たれてたなびくイグサは、神の前での謙譲《けんじょう》を示すのである。

復活祭の輝《かがや》かしい夜明けの光の中を、海から百人あまりの人を乗せた一そうの舟が、一人の輝く天使に操《あやつ》られてわたしたちの立っている岸辺に着いた。煉獄に向かう魂《たましい》はテベレ川の河口のオスティアに集められ、そこからこうしてやってくるのだ。

その中にわたしの詩に歌をつけてくれた親友のカゼッラがいた。感激のあまり彼を抱《だ》きしめようとしたが、体がないので空振りしてしまった。歌をせがむと、彼は甘美《かんび》な声で恋《こい》の歌を歌った。みなが聞きほれていると、カトーが道を急げと一喝《いっかつ》し、みな一目散《いちもくさん》に山に向かって駆《か》け出した。

煉獄のふもとで

わたしたちは険《けわ》しい山のふもとに来たが、どこを登るか思案《しあん》に暮れていると、そこに一群の魂を見つけた。彼らは、生きている時に教会から破門されたが、死の間際に改心した人たちであった。先生が尋《たず》ねると彼らは道を教えてくれた。その中にマンフレディという人がいて、自分たちは、悔い改めなかった期間の三十倍の時を過ごさねばならないが、地上の信心深い人の祈りでその期間が短くなる。だから、あなたが地上にもどったら愛する娘に自分のことをぜひ伝えてほしいと、わたしに頼んだ。

わたしたちは急な斜面をよじ登ってふもとの第一の高台に来た。ここには、臨終前に回心した怠け者たちが、生涯の年数だけ留め置かれているのだ。わたしは、その中に怠け者で有名だったフィレンツェの楽器職人ベラクァを見つけた。彼は頭を抱《かか》えて物憂《ものう》げに座《すわ》り込んでいた。

次に第二の高台に来ると、そこには、非業《ひごう》の死をとげたがその間際《まぎわ》に改心した魂《たましい》たちがいた。その中の三人がわたしに語りかけたが、最後に語った魂の叫《さけ》びが胸を打った。彼女は言った。「地上にもどりになったらわたしを思い出してください。わたしはピアです。シエナで生まれ、マレンマ城で死にました。その理由は、わたしに指環《ゆびわ》を贈り、わたしをめとった男が知っているのでございます。」

そこにいる多くの魂が、自分たちが天国に行けるよう祈ってほしいとせがんだ。わたしが先生に、彼らの望みについて尋《たず》ねると、先生は、「彼らが天国に行けるかどうかはベアトリーチェが教えてくれるだろう」と答えた。わたしは彼女の名前を聞いて、さらに前に進む元気が出た。

そのとき先生は、道をきくため一人の人に近づいて話しかけたが、その人は先生が自分と同じマントヴァ出身と知ると、自分の名がソルデッロであることを告げ、二人はかたく抱《だ》き合った。ソルデッロは吟遊詩人で愛国者だ。わたしは二人を見ながら、争いに明け暮れる故郷の町や統一のない祖国イタリアのことを思ってはげしい憤《いきどお》りと悲しみがこみあげてきた。

ソルデッロが先生に、「あなたはどなたですか」と尋ねると、先生は「ヴィルジリオだ」と告げた。ソルデッロが敬愛してやまない詩人だ。「もうじき日が暮れます。煉獄《れんごく》では日没後は一歩も先に進むことはできません。一夜をすごすために窪地まで案内いたしましょう」と言う。窪地に向かう道の斜面には、色とりどりの草花が、えもいわれぬ香りを放っていた。やがて窪地が見えた。そこではたくさんの諸侯が、草花の上に座《ざ》して聖母《せいぼ》マリヤへの讃歌《さんか》を歌っていた。

窪地に来ると、諸侯の霊《れい》が聖歌《せいか》を敬虔《けいけん》に唱えていた。見ると、天国から二人の天使が燃える剣をもって降《お》りてきて、群れの前と後ろに立った。ソルデッロが、「あれは、暗闇《くらやみ》で魂を襲《おそ》おうと忍び寄る蛇《へび》から、彼らを守るためです」と教えてくれた。わたしたちが窪地にいる霊と話をしていると、ソルデッロが蛇を指さした。すぐさま天使たちが鷹のように飛んで蛇を追いやった。

目を覚ますと朝の八時だった。わたしは自分がどこにいるのかわからず、震《ふる》え上がってしまった。すると先生は、「びくびくするな。われわれは良い所にいるのだから安心しなさい」と言った。見ると煉獄の門の前だった。先生の説明によ

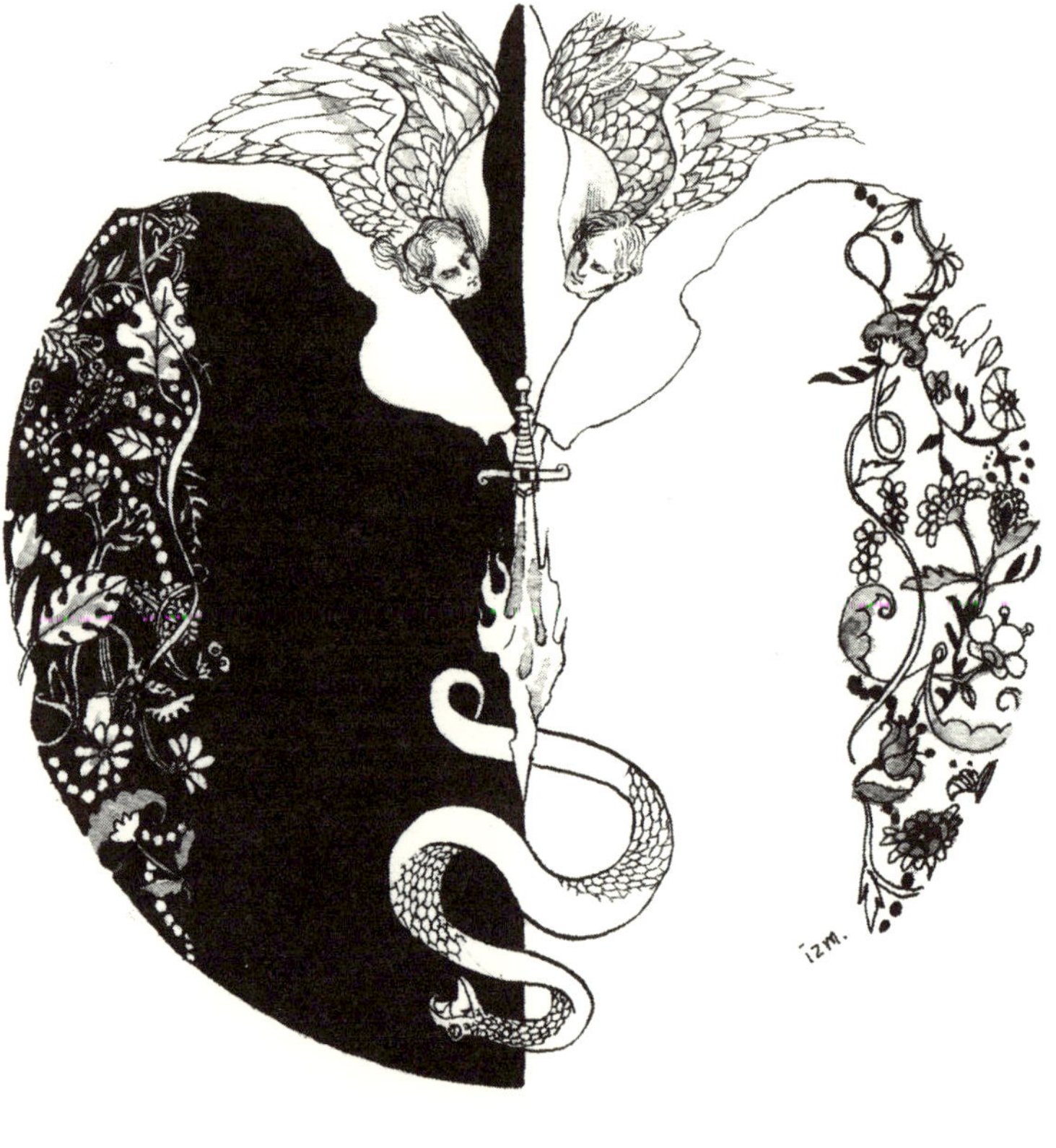
izm.

れば、眠っている間に聖女《せいじょ》ルチーアがわたしを抱いてここまで運び、先生は後からここにやってきたのだと言う。

わたしは門の前にある三つの色で色分けされた三段の階段を登った。門前にいる天使にひれふし、門を開けてくれるように頼むと、門番はわたしの胸を三度打ち、額に剣の先で七つのPの印をし、二つの鍵《かぎ》で門を開け、わたしたちを通してくれた。Pとはラテン語で罪を意味する言葉ペッカートゥムの頭文字で、クリスチャンの犯す七つの大罪を指すのである。

煉獄《れんごく》の円道《えんどう》

わたしたちは岩間をよじ登り、やがて、絶壁がどこまでも続く第一の円道に来た。その絶壁には大理石の彫刻《ちょうこく》が施されおり、そこには、受胎告知《じゅたいこくち》を受けた聖母《せいぼ》マリヤの像、契約《けいやく》の箱の前で踊るダビデ像、また一人のやもめの訴えを聞く皇帝《こうてい》トラヤヌスの像があった。わたしはそのあまりにもすばらしい出来栄《できば》えに見とれてしまった。

第一の円道では、生前に犯した傲慢《ごうまん》の罪を、主の祈りを唱えながら浄《きよ》めている群れに出合った。その中に微細画《びさいが》の達人オデリージを見つけ、わたしは彼と会話を交した。彼は、画家や詩人たちの名前をあげながら、人の世の名声や誉《ほま》れのむなしさをしみじみと語った。

さらに円道を進むと、舗道《ほどう》の地面に彫刻が施されてある。見ると、聖書《せいしょ》とギリシャ神話から、高慢のゆえに罰《ばつ》せられた話をテーマにしたもので、全部で十三の場面が彫られていた。わたしはその一つ一つに胸を打たれた。

夢中になって見ているうちに、時はもう正午近くになった。先生が、「先を急げ、天使がやって来る」と言った。やがて白い天使が近づいて来て、わたしたちを第二の円道への階段へと招いた。石段をのぼるとき、讃美《さんび》の声が聞こえ、わたしは身も心も軽くなったような気がした。すると、先生は額に触れてごらんと言った。触れてみると、Pが一つ消えて六つになっていた。先生はわたしを見て微《ほほ》笑《え》んだ。

第二の円道に入ると、そこでは、生前人をうらやみ、妬《ねた》みの罪を犯した人たちがまぶたを針金で縫われた姿《すがた》で立っていた。そこでわたしは、シエナ生まれのサピアという女性と出会った。彼女は、シエナがフィレンツェと戦ったとき、味方が敗走するのを見てたとえようもない喜びを覚え、ちょうどツグミが、冬が去り少し暖かくなると歌うように、顔を天に向けて「今はもはや汝《なんじ》をおそれず」と神に叫《さけ》んだのだとしみじみ語った。

わたしはまたそこで二人の霊《れい》に出合った。その一人に、どこから来たかと問われ、わたしが、ファルテローナを源とする河のほとりから来たと答えると、もう一人の霊が、なぜこの男はあの河の名前を口にするのも忌《い》み嫌うかのように言わないのかと言って、二人で、アルノ河流域の町々の悪しき行いを数えたてた。

わたしたちは西日を真正面から浴びつつ、第三の円道へ向かった。光の反射を受けながら、わたしは光について考えた。自然の光も神からの光もその反射を受ける者を照らし、それは光源へと反射を返し、鏡のように照らし合う。こうしてますます豊かになる。ところが妬《ねた》みがふいごを吹くと、限りあるものを奪い合う欲望の火が燃えて、人はますます貧しくなるのだ。

わたしは暗い濃《こ》い霧の中を先生の肩にすがりながら進んだ。すると一人の霊が「きみは誰《だれ》だ」と語りかけた。わたしが「神の思《おぼ》し召《め》しでここに来た」と言うと、その人は、「自分はロンバルディアのマルコだ」と名乗り、深いため息をつきながら、今の教皇《きょうこう》をはげしく批判し始めた。彼は言った。「教皇は、聖書《せいしょ》に出て来る、反芻《はんすう》はできるけれども蹄《ひづめ》が二つに割れていないあの汚れた動物のようだ。霊の国だけでなく地上の国の二つを共にわがものにしようと躍起になっている。地上の国は皇帝《こうてい》が治めるべきなのだ。かつては、皇帝と教皇が二つの太陽のようにそれぞれの国を照らしていたのに。ああ、何と堕落《だらく》してしまったことか」。

そう嘆《なげ》くと、「霧の向こうから、白い天使が来る」と告げて去って行った。

太陽が傾き、濃い霧の中でわたしたちはモグラのように何も見ることができなくなった。そのとき、まばゆい光が差し、「ここから登れ」と天使の声がした。

やがて日が落ちて、これ以上進めなくなったとき、先生はわたしに煉獄《れんごく》がどのように分かれているかについて、また愛と自由意志の関係というむずかしいテーマについても語ってくれた。

第四の円道では、善《ぜん》を行うのに怠惰《たいだ》であった人たちの霊《れい》が闇《やみ》の中をむなしく駆《か》けていた。わたしはいつしかまどろんだ。恐ろしい魔女セイレンの夢にうなされていたとき、先生が、「起きろ。さあ行こう」とわたしをゆり起した。入口を探していると、天使が現れ、「ここから入れ」と告げたので、わたしたちは第五の円道に入った。そこには貪欲《どんよく》の罪をおかした人たちの亡霊《ぼうれい》が、地にうつぶせになって泣いていた。先生が道をきくと、その中の一人が答えた。わたしが話すと、その霊は教皇《きょうこう》アドリーアーノだった。それを知って、わたしがひざまずこうとすると、霊はそれをやめさせた。「人はめとらず」と聖書《せいしょ》にあるように、天では、教皇であろうとも神の前ではすべての人と同じく、ひとりの僕《しもべ》にすぎないからだというのだ。

またわたしはそこで、フランスのカペー王朝を開いたユーグ・カペーの霊に出会った。霊は、王の子孫らが重ねてきた数々の貪欲なしわざについて語った。わたしが、「地上にもどったら、あなたのために祈りましょう」と言うと、霊は、「それには及びません。きみには神のめぐみが輝《かがや》いていますが、このわたしは悪に染まった今の世界の、悪の根なのです」と言った。

彼のもとを離《はな》れたとき、突如、山も崩《くず》れんばかりの大きな地震《じしん》が起こり、わたしは死ぬほどの恐怖《きょうふ》を覚えた。するとまわりから神をほめ讃《たた》える歌が湧《わ》き起った。わたしがその理由を知りたいという思いに駆《か》られていると、そこに古代ローマの詩人スタティウスが現れた。先生が地震のわけを尋《たず》ねると、詩人は、煉獄《れんごく》では、魂《たましい》がその罪を神に浄《きよ》めていただいたとき、山は大なり小なり震《ふる》え、神への讃美《さんび》が起こる、今の大地震は自分のせいだと教えてくれた。

ついで彼は、相手がその人とも知らず、自分が尊敬してやまないヴェルギリウスのことを語った。それを見て、わたしは思わず微笑《ほほえ》んだ。先生がいいと合図したので、この人が本人だと告げると、彼は先生の足を抱《だ》こうとしたが、体がないので空振りに終わってしまった。

天使がわたしの額に記されたPの文字を一つ消し、わたしたちは第六の円道に入った。先生が、スタティウスに「貪欲の罪を犯したのか」ときくと、彼は「そうではありません。むしろ地上では浪費《ろうひ》の罪を犯しました。悔い改めてクリスチャンとなり、煉獄の第五の円道に五百年いましたが、そこでは貪欲《どんよく》とその正反対の罪である浪費の罪も浄《きよ》められました」と言った。

ついで、先生が、「なぜクリスチャンたちとつきあうようになったのか」と尋《たず》ねると、「先生の詩を読んでクリスチャンになったからです。しかし、自分は迫害《はくがい》を恐れ、クリスチャンであることを隠《かく》したので、罰《ばつ》としてひとつ前の、怠惰《たいだ》の罪が浄められる第四の円道に四百年もの間いたのです」と答えた。

やがて、果実をたくさん実らせた大きな木の前にきた。木は普通の木とは逆に、下にいくほど幹が細くなった形をしていた。すると中から「この実を食べてはならぬ」という声がした。

後ろから、飢《う》えのあまり骨と皮ばかりになった亡霊《ぼうれい》たちがやってきた。その中にわたしは友人のフォレーゼを見つけた。彼に、「妹のピッカルダはどこにいるのかね」ときくと、彼は、「妹は上の天国にいる」と答えた。ついで、そんなにやつれている訳《わけ》をきくと、「ここにいる者たちはみな大食いの罪を浄めるために、飢餓《きが》の苦しみを受けている。まだ死んでから間もないが、愛する妻ネッラの祈りでここまで引き上げられた」と言って、今度はわたしのことをきいた。わたしは、ここに先生と来ることになったあらましと、煉獄を去ることになった、隣にいる詩人のことを語った。

わたしがフォレーゼに、ほかに名のある人はここにいないかと尋ねると、この友人はあれこれ指さしながら名を挙げたが、その中にはルッカのボナジェンタや、ボルセーナ湖産の鰻《うなぎ》の白ワイン煮《に》に目がなかった教皇《きょうこう》の名もあった。わたしはルッカの男と話をした。彼は、わたしの詩に好意をもっているルッカのジェントッカというひとりの女性の名をあげ、清新体と呼ばれる詩を讃《たた》えたあと、フィレンツェで起こる不吉な出来事を告げると去って行った。

やがて曲がり角まで来ると、大きなしげった木があって、その下でたくさんの飢えた霊《れい》が物乞《ものご》いをするのを目にした。中から「近よるな、通り過ぎろ。これはエバの食べた木から分かれた木だ」との声がしたので、黙《だま》って通り過ぎた。

かなり進んだとき、炉《ろ》の火よりも赤く輝《かがや》く天使が現れ、「ここで曲がれ」と告げた。

狭い石段を一列に登っているとき、一つの疑問が湧いた。それは、霊《れい》は体がないのだから栄養をとる必要はないのに、なぜあのように痩《や》せるのかという疑問である。これについてスタティウスがくわしく答えてくれた。要するに、魂《たましい》が肉体を形作るように、死後は魂がまわりの空中から魂の状況に応じた影のからだを形作るからなのだということだった。

やがてわたしたちは石段を登りきり、第七の円道に入った。そこでは多くの魂が、讃美《さんび》を唱えながら岸壁から噴《ふ》き出す炎《ほのお》に焼かれて、色欲《しきよく》におぼれた罪を浄《きよ》めていた。わたしたちは崖《がけ》と炎に気をつけながら一列になって進んだ。

夕暮れが近づき、わたしの影が西日に伸びるのを見て、炎の中の亡霊《ぼうれい》たちがいぶかしがった。その中の一人がわたしに、きみは生きているのかと問いかけた。

炎の中を見ると、前からきた群れと前に進む群れとが、出会いがしらに、蟻《あり》たちがあいさつをするように、あちらは「ソドムとゴモラ」、こちらは「女王パシパエ」と叫《さけ》んだ。先に問いかけた霊《れい》が、それぞれ男色《だんしょく》と女色の罪をここで浄めているのだと言い、自分は詩人のグイド・グイニツェルリだと言った。そこには詩人のアルナウトもいて、わたしは彼とも話をした。

そのとき天使が現れ、炎の中に入るように言った。わたしが尻込《しりご》みすると、先生は、「恐れるな、この最後の関門を通らねば、ベアトリーチェには会えない」と言った。わたしはその名を聞くと元気が出た。先生を先頭、スタティウスをしんがりに一列になって火の中をくぐりぬけ、坂の下に出、階段を登りかけた時、日が沈み、わたしたちは階段で眠った。夢の中で、園で花を摘むレアがわたしに語りかけるのを見た。妹ラケルは鏡に映《うつ》る姿《すがた》に見とれ、自分は園で遊ぶのだと言う。

夜が明け、階段の頂きについたとき、先生は、「これから先はベアトリーチェに会うまで自分の意志で歩め」と言って、わたしに別れをつげた。正面には太陽が輝《かがや》き、そこには地上の楽園が広がっていた。

地上の楽園

わたしはさわやかな風と鳥のさえずる人気のない森の中を歩いて行った。森の奥までくると、そこに清らかな小川が流れていた。見ると、たおやかな婦人が花を摘んでいる。わたしが、「どうぞこちらへ」と言うと、彼女は三歩ほどの川幅をはさんで向こう岸に立って、エデンの園について説明をしてくれた。この川の名はレーテと言い、これに身を浸すものからあらゆる罪の記憶《きおく》を消す力があり、同じ泉から出てあちらを流れる川の名はエウノエと言い、これに身を浸《ひた》す者からあらゆる善《ぜん》の記憶をよびさます力があると語った。

わたしは婦人と川をはさんで並びながら川上を歩いて行った。川が東に曲がったとき、婦人が「見なさい」と言った。すると稲妻のようにあたりがきらめき、森の中から七本の金の木のようなものがやって来るのが見えた。それは、炎《ほのお》を放って燃える七つの燭台《しょくだい》で、その後ろには白い衣を着た二十四人の長老がいて讃《さん》美《び》を唱えていた。また四匹の生き物に囲まれて、体は獅子《しし》で、羽と頭が鷲《わし》であるグリフォーネに引かれた二輪の車が見え、その右の車輪のかたわらで赤、緑、白の姿《すがた》の三人の天女が、また左の車輪のかたわらで紫の衣を着た四人の天女が舞《ま》い、その後ろを老人たちが従っていた。

行列がわたしの前でとまり、長老と天使たちの歌が響《ひび》き、花が一面にまかれた。すると花雲の中、車から白いベールにオリーブの冠《かんむり》、朱《しゅ》の衣に緑のマントを羽《は》織《お》った女性が現れた。幼い日に彼女を見初《みそ》めたときから懐《いだ》いた激《はげ》しい愛に打ち震《ふる》え、わたしは幼子が母親にすがるように先生の助けを求めたが、もはや姿を見つけることはできなかった。

すると女性は、「先生がいないからと、泣いてはなりません。わたしはベアトリーチェです」と言い、天使たちに、自分が二十五の齢《とし》で世を去ってから後の、わたしの堕落《だらく》について語り、道をはずれて暗い森をさまようわたしを救い出すために、先生に頼んでここまで導いてもらった、だが過去の過ちを悔いないでこのレーテの川を渡ることはできないと語った。まるで厳しい母の前でしかられて泣きべそをかく子どものようにわたしはうつむいて立っていた。

彼女にやつぎばやに過去の罪を責めたてられ、懺悔《ざんげ》を迫《せま》られ、わたしはやっとの思いで答え、自分の過ちを認めた。自分の罪を認めたとき、わたしは犯した罪を悔いる心の激しい痛《いた》みのあまり、その場で気を失ってしまった。

やがて気が付くと先の婦人に引かれてわたしは首まで川に浸かっていた。婦人に体を浸され、思わず水を飲んだ。岸辺に上がると天女たちがわたしをグリフォーネから、さらにベアトリーチェの前に連れていき、ベールをとって彼に微笑《びしょう》を向けてやってくださいととりなした。

わたしは十年ぶりに微笑《ほほえ》む彼女を見た。あんまり見つめすぎて、目がくらんだ。わたしは婦人と詩人スタティウスとともに七つの燭台《しょくだい》を先頭に回転しながら森へともどる隊列の後に従い、森へと入って行った。

やがて森の奥に来ると、一本の大きな木の前でベアトリーチェは車を降《お》りた。一同は「アダムの木だ」と声をひそめて言った。グリフォーネが木に車をつなぎとめると、それまで丸裸《はだか》だった木はたちまちいきいきとよみがえり青葉をしげらせ、バラよりは淡《あわ》くスミレよりは濃《こ》い色の花をつけた。人々の讃美《さんび》の声を聞いているうちに、わたしはいつしかまどろんだ。

「起きよ」との声にわれに返ると、婦人がいて車のそばに立っているベアトリーチェを指し示した。ベアトリーチェが、車を見るように言った。見ると、大鷲《おおわし》

izm.

や牝狐《めぎつね》や竜がつぎつぎと車を襲《おそ》い、車は見るもおどろおどろしい姿《すがた》になり、やがて娼婦がその上に座《ざ》した。すると巨人《きょじん》がその横に立っていて、娼婦と色目をかわしたあと、娼婦に一撃を加え、森へとひきずり込むと、娼婦も車も見えなくなった。それはまさに、地上の堕落《だらく》した教皇《きょうこう》と、教皇と争いをくりひろげる皇帝《こうてい》の姿であった。

天女たちが神に讃美を唱えると、ベアトリーチェは、天女たちを前に、わたしと婦人と詩人スタティウスとともに歩き始めた。やがて、二つの川が左右に分かれて流れ出る泉に来た。

わたしが、この水について聞くと、彼女は「マテルダにきくがよい」と言った。婦人は、これが先に渡ったレーテの川で、こちらがエウノエの川だと語り、わたしと詩人をエウノエの流れにいざない、わたしたちを浸した。するとわたしは新緑の若木《わかぎ》のように清らかな姿になった。

天国への旅

第一の天

ベアトリーチェが太陽を見つめているうちに、いつしか大空は太陽の炎《ほのお》で燃え上がった。不思議に思うわたしに彼女は、「わたしたちは地上の楽園を離《はな》れ、清められた魂《たましい》の定めの場所である天へと昇《のぼ》っているのです」と答えた。

わたしたちは、またたく間に第一の天である月天に着いた。彼女が、神に感謝をささげるように言ったので、わたしは神に感謝をささげた。ついで、わたしが「月に斑点《はんてん》があるのは、物体の密度の濃《こ》い所と薄い所があるせいなのですか」と尋《たず》ねると、彼女は「そうではありません。至高天からの光を受けて、原動天が回り、その下の第八天である恒星天に光を伝え、さらにその下にある七つの天に、それぞれの力に応じて光が伝わるために濃淡《のうたん》が生じるのです」と答えた。それは人間の魂《たましい》が能力に応じて五体にゆきわたるのと同じなのだ。

ガラスのような水の面に浮かぶ人々の顔を見てわたしが驚《おどろ》いていると、彼女が、「あれは、神に身をささげる誓《ちか》いを立てたが、それを後で破った人たちです」と言った。

その中のひとりの女性の魂に話しかけると、何とそれは、先にわたしが煉獄《れんごく》の第六の円道で出合ったフォレーゼの妹ピッカルダの霊《れい》だった。彼女は「天国では神の思《おぼ》し召《め》しで定められたところから上にいくことはできませんが、ここでまったく幸せです。わたしはかつて尼《あま》になる誓いをたてましたが、力ずくで男たちに尼寺から取り返されて無理やり結婚させられたのです」と語った。そして、自分と同じような身の上の王妃コンスタンツァを指し示した。

わたしは彼女に「哲学者プラトンによれば、魂はそれぞれ人の善悪《ぜんあく》に影響《えいきょう》を及ぼす。魂が出て来たもとの星に死後は帰って行くのではないですか」と問うと、彼女は、「ここでは魂はどこにいても、そこは等しく天国です」と答えた。さらに「他人の暴力で神への誓いを果たすことができなかった魂に非はないのではないですか」と言うわたしの疑問には、「神の絶対的な意志に従うならそういうことはありえません。それに従えなかった人の意志の弱さに非があるのです」と答えてくれた。

わたしはさらに「誓いを破った罪を、他の善で償《つぐな》うことはできるのですか」と彼女に質問した。彼女は、「神が人間に与えた尊《とうと》い自由な意志からなされた誓いは神との約束であって、これが破られた場合、それを償うものはもはや何もありません。それゆえ人は軽々しく誓いを立てるべきではないのです」と答えた。

第二の天

それからわたしたちは、またたく間に第二の天である水星天に昇《のぼ》った。すると千余りの魂が、魚が水面にまかれた餌《えさ》に集まって来るようにわたしのまわりに集まって来た。それは善意《ぜんい》にあふれる霊《れい》であった。その一人にわたしは、きみは誰《だれ》かと尋《たず》ねると、彼は姿《すがた》を光の中に隠《かく》したまま、語り始めた。

「コンスタンティヌスが天の運行にさからいローマから東に都を移してからというもの、ローマ帝国の鷲《わし》の旗の下になされた数々の偉業はきみも知っているでしょう。わたしは、もと、そのローマ皇帝《こうてい》だったユスティニアヌスです。神の恵みによりまことの信仰《しんこう》を得てからは、教会とともに歩み、軍事は部下にゆだね、わたしはもっぱら法典をまとめる仕事にいそしみました。それはユスティニアヌス法典として世に知られているとおりです。ところが今地上では皇帝党と教皇《きょうこう》党とが相《あい》争い、この栄えある鷲の旗を汚《けが》してしまっています。

この水星天では、かつて地上で生きていたとき、名声や誉《ほま》れを残そうと善に励《はげ》んだクリスチャンたちがいるのですが、なかでもロメオの魂《たましい》がひときわ光っています。彼はラモンド伯爵《はくしゃく》に仕え、その世話で伯爵の四人の娘はみな王妃となりました。しかし、彼はいわれのない告げ口をされて宮廷《きゅうてい》を追われ、一切れのパンを求め物乞《ものご》いをするさすらいの身となって世を去ったのです。」

彼らの魂が神への讃美《さんび》を唱えつつ去ったとき、わたしに一つの疑問がわいた。それは、キリストが受けた十字架の裁《さば》きが正しい罰《ばつ》であると同時に正しくない罰でもあるというのはいったいなぜなのか、という疑問である。わたしがきくのをためらっていると、ベアトリーチェはわたしの心を察して、微笑《ほほえ》みながら答えた。

「キリストのとられた人の性質からすると、それは、神に背《そむ》いた人間に対する罰だから正しい罰です。他方、キリストのとられた神の性質からすると、それは人間が神に対してなした不当な罰になるのです。」

さらに彼女は、そのような人間を救うために、神の子が人になって世に来られたことについてわたしに語ってくれた。

第三の天

わたしたちは第三の天である金星天に昇《のぼ》った。ヴィーナスが、愛の女神であり、金星がその名で呼ばれるように、ここでは、恋《こい》に燃えた魂たちが住んでいるのだ。すると一人の魂が光の中からわたしたちに語りかけた。それはわたしの親しい知人で若《わか》くして死んだハンガリア王カルオ・マルテッロの魂《たましい》だった。彼は、自分の死の後に王となった弟の悪政を嘆《なげ》きつつ言った。

「人は、神の摂理《せつり》によって生まれ、生まれつき運命が定まっています。しかし、それにさからうと、わたしの弟のように道をはずれて堕落《だらく》してしまうのです。」

次に光の中からわたしに語りかけたのは、クニッツアという女性の霊《れい》であった。多情多感な人で、あのソルデッロの愛人でもあった彼女は、わたしに、生まれ故郷である北イタリアのひどい有様を語り、ついで自分の隣にいる立派な魂を讃《たた》えると、やがて光の輪の中に消えていった。

すると今度は、その高貴な霊がわたしに語りかけた。

「わたしは、マルセーユ出身のフォルケです。町では吟遊《ぎんゆう》詩人として名を知られ、また恋《こい》の浮名《うきな》も数々流したものだが、今はここで神の光明《こうみょう》のうちに、悦《よろこ》びに満たされております。ここにはあのヨシュアを勝利に導いた遊女ラハブもいます。この金星天に最初に迎えられたひとです。

それにつけてもきみの故郷のフィレンツェのありさまはどうです。あの悪魔《あくま》の町は、呪《のろ》われた金貨を造ってはばらまいています。教皇《きょうこう》も枢機卿《すうききょう》らの坊主《ぼうず》もみな、百合《ゆり》の紋様《もんよう》が刻《きざ》まれたフィオーレ、つまりイタリア語で花という名で呼ばれるあのフィオリーノ金貨に目がくらんでしまっているではありませんか。ナザレの貧しいキリストの精神は彼らからまったく失われてしまいました。だが、やがてペテロの墓のあるヴァチカンもまた同じくペテロに従った殉教者《じゅんきょうしゃ》たちの墓も、彼らの姦通《かんつう》から解き放たれる時が来るでしょう。」

第四の天

わたしたちは第四の天である太陽天に昇《のぼ》った。見ると、そこでは賢人《けんじん》たちが太陽のようにまばやく輝《かがや》き、神に妙《たえ》なる合唱をささげながら、輪になってわたしたちの回りをめぐっていた。

その光の一つがわたしに語りかけた。

「わたしは、ドミニコに従った群れの一人でトマス・アクィナスだ。この群れは道に迷わなければ、良く肥えた羊たちだ。手前にいるのはわたしの先生であるアルベルトゥス・マグヌスだ。その次の光は私法と教会法の二つの法を解きあかした法学者のグラティアヌス、その横にいるのは、自分の財産を教会にささげたペトルス・ロンバルドゥス、五番目はわたしたちの中でもっとも光輝《かがや》く賢人《けんじん》であるあのソロモンだ。彼にまさる賢者は二度と世に現れなかった」。

こう言って彼は、つぎつぎと、光の輪の中にいる全部で十二人の知者の名を挙げた。

十二人の魂《たましい》の紹介《しょうかい》が終わると、光の輪はまた合唱をしながら踊った。それは、新郎が恋人《こいびと》の家の前で愛する者のために歌を歌うころ、大時計がそれに応じて優《やさ》しい音色を立てるように、甘く清らかな歌声であった。

わたしは、彼らのうるわしい歌声をききつつ、地上の人間たちがくりひろげている愚《おろ》かしい生活をいまさらながら思わずにはおれなかった。

魂たちはひとめぐり舞《ま》うと、もとの場所に立ちどまった。すると先にわたしに語りかけたアクィナスの霊《れい》が語り始めた。

「あなたは、わたしが『よく肥えた羊たちだ』と言ったことと、『彼にまさる賢者は二度と世に現れなかった』と言ったこととをいぶかしく思っておられるので、最初の疑問からお話することにいたしましょう。

神は、神を愛する魂が安んじてみもとに行けるように、教会に二人の案内人をお遣《つか》わしになりました。その一人が熱情において熾天使《してんし》のようなフランチェスコで、もう一人が学識において智《ち》天使のようなドミニコです。

フランチェスコは、スパジオ山のふもとのなだらかなアッシジに生まれました。彼は、教会から千百年あまりものあいだ除《の》け者にされていた清貧《せいひん》(ポヴェルタ)を愛し、怒《おこ》る父親と司教《しきょう》の前で、すべてのものを脱ぎ捨ててこの清貧と結婚したのです。やがてベルナルド、シルヴェストロ、エジディオらが弟子となり、ローマで教皇《きょうこう》インノケンティウスから承認を受け、ついで教皇オノリウスから会則を認められました。その後、彼は回教徒のカリフのもとに赴《おもむ》き、みずから教えを説きましたが、彼を改宗に導くことは果たせず、やがて独《ひと》り険《けわ》しい岩山にこもり、キリストから聖《せい》なるしるしを身に受けました。その後二年間、死ぬまで清貧を妻とし、死後もこれを妻とするように兄弟たちに言い遺《のこ》し世を去ったのです。

さてあなたの疑問にもどりましょう。もう一人のドミニコに従った者たちは、だんだんこの世の欲にひかれて堕落《だらく》してしまい、彼に心から従う者の数はまことに少なくなってしまいました。それでわたしは先に『この群れは道に迷わなければ、良く肥えた羊たちだ』と言ったのです。」

声がこう語り終えると、また光の輪が回り始めた。すると第二の輪がそれを囲んで、永遠にしぼむことのないバラの花の二つの輪のようにわたしたちのまわりを回った。やがてその舞《ま》いがとまると、その中から一つの声が語りかけた。

「いま、ドミニコ会のトマス・アクィナス師の霊《れい》が、わたしどもの会の創始者であるフランチェスコさまをほめ讃《たた》えてくださったからには、今度は、わたしどもの会が、かの会の創始者さまをほめ讃えずにはいられません。

彼が生まれたのは西風が大地へと吹き寄せるイベリア半島はスペインのカラホルラでした。すでに母の胎《たい》にあるときに、母は彼の将来の姿《すがた》を夢に見たのです。彼は生まれると洗礼を受け、フランチェスコが清貧と結婚したように、信仰《しんこう》と結婚したのでした。名前はラテン語で主を意味するドミヌスから、主の者という意味をこめてドミニコと名付けられました。彼は、味方には優《やさ》しいけれども、異端《いたん》に対して厳しくこれと戦いました。それで教会はいきいきと信仰をとりもどすことができたのです。

けれども、わたしどものフランチェスコ会はやがて師の精神から離《はな》れ、清貧のありかたをめぐってきびしい対立が内部に生じてしまいました。かく言うわたしはフランチェスコ会の総長だったボナヴェントゥーラの魂《たましい》です。」

魂はこう言って、第二の輪にいる預言者《よげんしゃ》ナタン、クリュソストムス、アンセルムス、フィオーレのヨアキムをはじめ第二の輪にいる十二人をわたしに紹介《しょうかい》した。

二つの輪を描《えが》いて回る二十四人の賢人《けんじん》たちの霊は、天空の二十四の星のように光明《こうみょう》に満ちていたが、ひとたび回り終えると、それらはじっとわたしたちを見つめた。すると沈黙を破って、またトマスの霊が語り始めた。

「さて、それではきみが前にいぶかしく思ったことについてお答えすることにいたしましょう。それはわたしが、第一の輪で五番目にあげたソロモンの霊について、『彼にまさる賢者は二度と世に現れなかった』と言ったことです。きみは、それについてあの最初の人アダムや、マリヤから生まれたキリストをさしおいて、なぜソロモンにまさる知者がいないとわたしが言うのかいぶかしく思っています。しかし、ソロモンは、哲学の知識や数学の知識やまた広く知恵を求めたのではなく、王としての知恵をのみ求めた点で、彼にまさる賢人《けんじん》はないとわたしは言ったのです。

わたしたちは、人の言うこと、なすことについて善《よ》し悪《あ》しの判断を下すときにはゆっくりと慎重でなければなりません。そうでないと、ギリシャの哲学者やキリスト教の異端者《いたんしゃ》たちがそうであったように、あまりにも性急《せいきゅう》に物事に判断をくだしてしまうと、まったく誤ってしまうことになるのです。」

トマスの霊《れい》が語り終えると、ベアトリーチェがわたしを指して言った。

「このかたは、まだもう一つのことを知らねばなりません。光があなたがたを包んでいますが、終わりの日に体がよみがえったとき、この光はそのまま残るのでしょうか。この光があなたがたの目を傷《いた》めることはないのですか。」

これを聞いて、二重の輪はくるくると回りながら、父と子と聖霊《せいれい》なる三位一体《さんみいったい》の神をえもいわれぬ調べでほめ讃《たた》えた。

するとあの小さな輪の中でひときわ輝《かがや》く霊《れい》が静かに語った。

「体がよみがえるときには、わたしたちは今よりもさらに神の光に燃やされるでしょう。そしてその神からの光によって神を見ることになるでしょう。ちょうど炭が燃え上がると、炎《ほのお》の中に炭がはっきりと見えるように、よみがえった体も光の中で保たれ、わたしたちの目も光に傷んでしまうことはないのです。」

このソロモンの答えを聞いて、二つの輪は「アーメン」と唱えた。それは体のよみがえりを望むだけでなく、母親や父親や親しい人たちのことを思ったからに違いない。

そのとき、別の光の群れがきらめき、二つの輪の回りをまわりはじめたかと思うや否《いな》や、わたしたちは赤みを帯びた天に昇《のぼ》った。そこは第五の天である火星天であった。

第五の天

やがて赤く輝《かがや》く二条の光の群れは、火星天の奥に、天の川の星のように並んで、円の中でたてよこが直角に交わる十字架の形を作り、キリストの姿《すがた》を描《えが》くと、その十字架上をきらめきながら動いた。またそこから、えもいわれぬ妙《たえ》なる調べが響《ひび》いたが、「起きよ、勝て」という言葉だけをききとることができた。わたしは、その光明《こうみょう》に輝く十字架とそこから鳴り響く調べにうっとり魅せられていた。天を昇《のぼ》りゆくにつれ、ますます美しくなっていくベアトリーチェを見つめるのを思わず忘れるほどだった。

竪琴《たてごと》の調べがやむと、突然、十字架の右端から下に向かって星の一つが流れ星のように駆《か》け下りて、「ああ、わたしの血をひく者よ」とわたしに語りかけた。わたしはベアトリーチェの許しをえて、彼に言った。

「十字架を飾る宝石の一つであるあなたにお尋《たず》ねします。お名前をお聞かせください。」

すると霊《れい》は答えた。

「わしは、お前の祖父の祖父にあたるカッチャグイダの魂《たましい》だ。わしが生きていた頃のフィレンツェの人々の生活は、それはもうとても平和で清潔で純朴《じゅんぼく》だった。まだローマをこえるほど栄えてはいなかった。今のように、屋敷《やしき》は度をこえて大きくはなく、名のある家の人々の服装も質素で、風紀《ふうき》も乱れておらず、父親が娘の持参金のことに悩《なや》むこともなかったし、商売で家を長くあけることもなかったのだ。そして赤ん坊《ぼう》は両親のもとで大切に育てられていた。そうそう、お前のアリギエリという姓《せい》はな、今は煉獄《れんごく》の第一の円道を回っておるお前の曽祖父《そうそふ》が名乗りはじめたのだ。実はこの姓は、わしの妻の家の姓から来ておるということだ。

そして、後にわしは、皇帝《こうてい》コンラッドに従って十字軍の遠征に加わり、武勲《ぶくん》により騎士《きし》に叙《じょ》せられたが、回教徒《かいきょうと》と戦って戦死し、殉教者《じゅんきょうしゃ》としてここに来たのだ。」

わたしは、こう語る霊に、生まれた時や、当時のフィレンツェの人口や有力な貴族や名門の家などについて質問をした。すると、霊は答えた。

「わしは、天使がマリヤさまに受胎《じゅたい》の告知をしてからこの火星が五百八十回、回った年に生まれたのだ。今から二百年ほど前のフィレンツェは、町も、マルスの像のある橋から聖《せい》ジョヴァンニ教会の洗礼堂のある所までの広さしかなく、人口も今の五分の一ほどだった。

田舎から町に人々が流れ込み、成り上がり者が幅をきかせるようになって、それまでの高貴な貴族や名のある家がつぎつぎと没落《ぼつらく》していった。」

霊《れい》はそう言って、そのような成り上がりや没落した家の名前をずらずらと挙げた。そして言った。

「何よりも、田舎出のブオンデルモンテ家が、アミディ家との間の婚約を破り、それがもとでアミディ家がブオンデルモンテを殺したことが、この町のその後の長い争いのもとになった。あの事件がなかったら今のように皇帝《こうてい》党と教皇《きょうこう》党が血みどろの争いをくりひろげることはなかったのだ。」

わたしはそれを聞いて、かねがね魂《たましい》たちから聞いてきた自分の将来についての予言をこの先祖の霊にぜひ確かめたいという思いにかられた。

するとベアトリーチェはこれを察して、そうするように促《うなが》したので、わたしは尋《たず》ねた。

「わたしのご先祖さま。わたしは煉獄《れんごく》の山でも地獄《じごく》の旅でも、自分の未来について不吉な予言を霊たちからきかされました。どんなことをきいても心構えはできております。どうかわたしにどんな未来が待ち受けているのか、お語りください。」

すると霊は清らかな火の中から父が語るように語った

「お前の未来は、わしの目の中に見えておる。キリストで商いをしているあの教皇のたくらみによって、お前はフィレンツェから追われるだろう。追放《ついほう》の身となってお前は他人のパンを食べ他人の家に身を寄せる悲哀《ひあい》を味わうことになる。教皇党のかつてのお前の仲間も手のひらを返したように恩をあだで返すだろう。

お前をかくまい厚くもてなしをしてくれるのは、ロンバルディアの大君《たいくん》さまだ。大君さまのわきには、まだ九歳になったばかりだが、やがて武勲《ぶくん》の誉《ほま》れ高くなる大君の弟カン・グランデもおる。彼の堂々たる活躍で多くの人の運命も逆転するにちがいない。お前はこのことを覚えておくのだ。ただ誰《だれ》にも言ってはならぬぞ。」

そして付け加えた。

「このことは今から一、二年後に起こる。でも誰も恨《うら》むな。やがて天罰《てんばつ》が下るが、お前の名は永く残るのだ。」

霊《れい》はこう言って黙《だま》った。わたしはある疑念にかられてさらに言った。

「よくわかりました。追放《ついほう》の憂き目にあっても、詩を作ることは続けたいと思います。わたしは、地獄《じごく》の苦界や煉獄《れんごく》の山やこの天国をめぐって、多くのことを見聞きしました。それを詩にすれば、苦い思いをする人も少なくないでしょう。しかし、詩にしなければ、わたしの誉《ほま》れと名は消え失せるでしょう。」

すると霊はにわかに輝《かがや》きを増して言った。

「名のある人たちや身内の人たちには苦々しく耳障《みみざわ》りの悪いことであってもかまわぬ。お前は嘘偽《うそいつわ》りなくありのままを詩にするのだ。お前の叫《さけ》びは、疾風《しっぷう》のごとく、梢《こずえ》は高ければ高いほどはげしく波打つのだ。名のない人のことを詩にしても、それではとりとめがない話になってしまうからだ。」

わたしはこれを聞いてもの思いに沈んだ。するとベアトリーチェが言った。

「落ち込んではなりません。わたしがそばにいます。」

わたしは彼女を見て喜びに満たされた。

彼女は微笑《ほほえ》みながら言った。

「さあ、そんなに見つめていないで、彼の話を聞きなさい。」

霊が語り出した。

「この第五の天で祝福されているのは地上で神のために戦った勇士たちだ。ほらあの十字架の角を見るがよい。あれはヨシュアだ。」

するとヨシュアの光明《こうみょう》がそこを駆《か》けぬけた。霊に呼ばれるままにマカベウス、シャルルマーニュ、ローランらの英雄の霊が駆けぬけると、霊はこれらの光明の群れに加わり、神を讃美《さんび》し始めた。

第六の天

そのとき、右のほうを振り向くとそこにきらきらと輝《かがや》くベアトリーチェがいて、わたしは彼女とともに、ひとまわり大きな弧《こ》を描《えが》きつつ第六の天に昇《のぼ》った。そこは白い静かな光を放つ木星天だった。

見ると光に包まれた霊《れい》が鳥のように歌いながら飛び回って、やがて三十五文字の言葉を示した。

ディリギテ・ユスティティアム・クィー・ユディカーティス・テラム

(DILIGITE IUSTITIAM QUI IUDICATIS TERRAM)

それはラテン語で「正義を愛せよ、汝ら地を裁《さば》く者」であった。

それから、他の光明《こうみょう》の群れが、この最後のMの字に降《お》りて来たかと思うや否《いな》や、そこから火花のように光明が飛び散って、Mの字から鷲《わし》の姿《すがた》を描き出した。

ここは正義を愛したクリスチャンたちの魂《たましい》の住まいで、地上で行われる正義はこの天の作用なのである。

ああ、それにつけても今の教皇《きょうこう》は人を赦《ゆる》さないで人からパンを奪い、金貨を受け取るために人に赦しを与え、神のぶどう畑を荒らしている。その畑のために殉教《じゅんきょう》したペテロもパウロも自分の知ったことではないと言わんばかりに。そう思うとわたしはまた怒《いか》りに震《ふる》えた。

魂の群れは鷲の姿となってわたしの前に現れ、「わたしは」と一人の声で語りかけた。

「わたしは地上で正義を行い、ここに住む栄誉を与えられた。そのことは今でも地上の人たちが讃《たた》えている。もっとも彼らはわたしに倣《なら》おうとしないが。」

わたしは言った。

「ああ、うるわしき正義の霊よ、わたしはどうしてもあなたにお尋《たず》ねしたいことがございます。それが何かはご存じのはずです。」

鷲は神をほめ讃えながら答えた。

「あなたの疑問はこうです。遠いインドで生まれた人のように、キリストを生きているときに知ることがなく洗礼も受けなかったが、その思うことも語ること

も行いもすべて正しかった人も、死後地獄《じごく》に落ちるのだろうか。それは神の正義にそぐわないのではないか、ということです。

しかし、深い海の底を見通すことができないように、神の隠《かく》れたみこころをわたしたち神に造られた人間が浅知恵で測り、神を裁《さば》こうとするのは不遜《ふそん》なことです。神のみこころが正義に背《そむ》くことはないし、神のみこころに添《そ》う者は、すべて正義なのです。」

鷲《わし》はゆうぜんと空を舞《ま》いつつ言った。

「神の永遠の裁きは人智をはるかに超えたものです。」

鷲は、かつて雄姿《ゆうし》をはせたローマ帝国の紋章《もんしょう》のように収まってまた言った。

「キリストを信じなかった人の霊《れい》が天国に登ったためしは、キリストの前にも後にもありません。しかし、『キリスト、キリスト』と叫《さけ》ぶクリスチャンでも、裁きの日にキリストによって、キリストを知らないで死んだ者よりも遠くに斥《しりぞ》けられる者がいるでしょう。

彼らのなした数々の悪しき所業《しょぎょう》はすべて閻魔帳《えんまちょう》に記されています。そこにはあくどい仕業《しわざ》でプラハ王国を滅ぼした皇帝《こうてい》アルブレヒト、贋金《にせがね》をこしらえたフランス王、スコットランド征服《せいふく》をたくらんだ英国の国王や、邪悪《じゃあく》なスペインやボヘミア、ポルトガル、シチリア、ノルウェー、セルビアの王らの名も記されているでしょう。」

こう言って鷲が黙《だま》ると、いっせいに光明《こうみょう》の群れが讃美《さんび》を歌った。それがやむと今度は、聞いたこともないようなキターラの楽《がく》の音《ね》がして、鷲が語り始めた。

「わたしの目をごらんなさい。そこで一番光っている霊が、この星で最高の位にある霊で、それはあの契約の箱をかついだダビデです。眉《まゆ》の部分にいる五つの霊のうち、くちばしに一番近いところにいるのは、きみが煉獄《れんごく》の絶壁で見た絵に描《えが》かれていたように、一人のやもめの訴えに耳を傾けたあの皇帝トラヤヌスです。

その隣にいるのは、病の床で悔い改めて、死ぬ時を延ばされたヒゼキヤです。

つぎはローマ教皇《きょうこう》にローマを譲って、帝国の都を東に移したコンスタンティヌスです。その結果がどうなったかは、きみの知るとおりですが、それはかれのあずかり知らぬことです。

眉《まゆ》の下のあたりにいるのは、正しい政治を行ったシチリア王グリエルモ、それからトロイアでよく法を守ったリベウスです。彼がここにいるなどと下界の人には考えもつかないでしょう。」

そう言って鷲《わし》は口をつぐんだが、わたしはわきおこる疑問のために黙《だま》っていることができなくなって言った。

「これはいったいどういうことですか。」

すると鷲は答えた。

「きみは、この祝福された天に、クリスチャンでない異教徒のトラヤヌスとリベウスがいるのを見て驚《おどろ》いている。しかし天国は、はげしい愛と望みによって掟《おきて》が破られることもあるのです。それは、神は人の熱意にあえて負けることによって、じっさいは憐《あわ》れみによって勝ちたもうからなのです。

トラヤヌスは、聖《せい》グレゴリウスの熱烈な祈りによって地獄《じごく》からいったんよみがえり、キリストを信じて再び世を去ったのでした。

またリベウスは地上にいたとき正義を行い、これに神の恵みが注がれ、洗礼が行われる千年も前にキリストを信じたのです。きみが地上楽園で見た、車のそばで舞《ま》っていたあの信仰《しんこう》、希望、愛の三人の天女が、彼にとって洗礼の代わりとなったのです。

ですから、誰《だれ》が天国に行くかについて、きみたち地上の人間は軽軽《けいけい》に判断を下してはなりません。誰が神に選ばれるかは、深い神のみこころで人間の浅はかな知恵をはるかに越《こ》えているからです。」

鷲がこう語っている間もキタ一ラの妙《たえ》なる調べが響《ひび》いていた。

第七の天

わたしはベアトリーチェの顔を見た。

すると彼女は微笑《ほほえ》むことなく言った。

「わたしが微笑むと、昇《のぼ》るにつれていよいよ輝《かがや》くわたしの前にあなたは灰になってしまうでしょう。ほらわたしたちは第七の天である土星天に上がりました。さあごらんなさい。」

見ると、まばゆく光る金色の梯子《はしご》が目の届かない先まで天に伸びており、そこを光明《こうみょう》の群れが夜明けのカラスのようにそれぞれ割り当てられたところを上り下りしていた。

するとその光明の一つがわたしたちのそばまで降《お》りてきて、合図した。

わたしは、ベアトリーチェのお許しがないかぎりこちらから話さないほうがよかろうと思って黙《だま》っていると、ベアトリーチェが言った。

「さあ、話をしなさい。」

それでわたしは口火を切った。

「あなたはなぜここまで降りてきたのですか。またこの天では、下の天で響《ひび》いた楽《がく》の音《ね》が聞こえないのはなぜですか。」

すると霊《れい》は答えた。

「きみと話をし、喜ばせるためです。ここでは、神のおはからいにしたがってめいめいが、神に割り当てられたつとめを自由な愛から果たしているのです。」

「よくわかりました。しかし、あなただけがなぜここに来る役目を与えられたのか、わたしにはわかりません。」

するとさ霊はひきうすのように回転しながら答えた。

「きみが質問したことは、天国の最も高い所にいる天使も答えることができないでしょう。神に造られたものが神の永遠の定めを見通すことは、分《ぶん》を越《こ》えたことだからです。」

それでわたしは質問をやめ、彼が誰《だれ》かを問うことにした。

「わたしは、きみの故郷の町からそう遠くないカトリア山に庵《いおり》を結び、そこでオリーブの汁だけをすすって暑さ寒さをしのぎつつ、ひたすら神を黙想する生活をしたピエトロ・ダミアノです。あのころ僧院《そういん》は、神様のために豊かな実りを結んだものですが、今は堕落《だらく》してしまいました。晩年には請《こ》われて枢機卿《すうききょう》の帽子をかぶりました。近頃あの帽子をかぶる者たちは肥え太り、前と後ろにお付きの者をかかえ、外套《がいとう》でわが身と馬とをおおい、まるで二匹の獣《けもの》のように道を進みます。昔、ペテロもパウロも貧しい身なりではだしで歩き、宿の粗末《そまつ》な食べ物で満足したというのに。」

これを聞いて、光明《こうみょう》の群れが下ってきて彼のまわりで高らかに叫《さけ》んだので、わたしは圧倒されてしまった。

わたしは母の助けを求める子どものようにベアトリーチェのほうに振り返った。するとと彼女は、息も絶《た》え絶《だ》えのわが子をいたわる母親のように言った。

「なぜそんなに動転するのですか。天国ではすべてが善意《ぜんい》からなされるのです。あの叫びには地上の堕落《だらく》に対する神の怒《いか》りの裁《さば》きを求める願いが込められています。さあ、もう一人の気高い魂《たましい》のほうに目を向けなさい。」

わたしが目を向けると、百余りの光明の中からひときわ輝《かがや》く霊《れい》が進み出てわたしに話し始めた。

「わたしは、モンテ・カッシノに僧院《そういん》を建てたベネディクトゥスです。あの山には、かつて異教《いきょう》のアポロン神へささげられた神殿があったのですが、わたしがそれを壊《こわ》し、教会を建て、まわりの村の人々をキリストへと導きました。

この光はマカリウス、これはロモアルド、またそのほかみな、あの山で神への黙想の生活を共にしたわたしの兄弟たちです。」

わたしは言った。

「父よ、あなたのお姿《すがた》を見る光栄にあずかることはできるのでしょうか。」

すると霊は答えた。

「きみの願いは、最後の天でかなえられるでしょう。この梯子《はしご》は、きみの目の届かないその至高天まで伸びています。かつてヤコブが夢に見た梯子です。けれども、今地上で、この梯子を昇《のぼ》ろうとする者はいなくなりました。わたしの定めた僧院の戒律《かいりつ》もただの紙切れとなり、坊主《ぼうず》も教会もみな地上の財宝《ざいほう》に目がくらんでしまいました。

ペテロもわたしもフランチェスコも貧しい姿で道を説きましたが、こうして始められたことも、いつしか道をはずれて堕落してしまいました。」

霊はこう言うと光明の群れにもどり、やがてつむじのように梯子を駆《か》け上って行った。

第八の天

ベアトリーチェがこの梯子《はしご》を昇《のぼ》るようわたしに合図をするや否《いな》や、わたしは重力に打ち勝って飛翔《ひしょう》し、あっと言う間に、第八の天である恒星天《こうせいてん》にある双子宮《ふたごきゅう》に入った。

わたしは感動のあまり心のうちに叫《さけ》んだ。

「おお、双子座《ざ》よ、わが生まれた星なる星座よ。わが詩才はきみの光に由来するのだ。いま、最後の難関を突破するため、きみの助けを心から求めます。」

ベアトリーチェが言った。

「あなたは最後の幸福の手前まで来ました。これから至高天に入る前に、登って来た下界をごらんなさい。喜びいさむあなたを勝利の霊《れい》が迎えにくる前に。」

振り向いて下界を見おろすと、七つの天球のはるか下にとるにたらないほどちいさな哀《あわ》れな地球があった。月が燃えていたが、その裏《うら》側に斑点は見られなかった。太陽天があり、そのまわりを水星天と金星天が、回っていた。ついで土星と火星の間に木星が見えた。こうしてわたしは七つの天を見た。それにつけても、ああ、あの哀れなちっぽけな地球の麦打ち場で、人間の醜《みにく》い争いがくりひろげられているのだ。

ついでわたしは目を美しいほうに向けた。

親鳥が雛《ひな》に餌《えさ》を見つけようと日の出を待つように、ベアトリーチェは、期待に胸をふくらませて子午線《しごせん》のほうをじっと見つめていた。と、天がたちまち明るくなった。彼女は喜びに目を輝《かがや》かせながら言った。

「さ、ごらんなさい。キリストが凱旋《がいせん》の軍勢とともにやって来ます。あの中に天地をつなぐ道を開いた方がおられます。」

わたしは天を見上げたが、そのあまりのまぶしさに耐《た》えることができず、思わず視線をそらし、ますます美しくなり微笑《びしょう》するベアトリーチェに見とれてしまった。すると彼女が言った。

「いつまであなたはわたしに見とれているのです。目をあげてキリストの光で輝《かがや》くあの天の庭を見ないのですか。そこには神の子を宿したバラの花も、その香に魅《み》せられた百合の花々も咲いています。」

それでわたしは、どこまでも青く澄《す》みわたった至高天《しこうてん》を見あげた。あまたの光《こう》明《みょう》が輝《かがや》き、その中心に太陽のようにひときわ輝く光明があった。

そのとき、冠《かんむり》のような形をした松明《たいまつ》が降《お》りてきて、碧玉《へきぎょく》のように青い一つの星を回り始めて言った。

「わたしは天使ガブリエルです。御子《みこ》を宿したこの天の夫人が御子に続いて至高天にお入りになるまで、こうして彼女の回りを冠となって回るのです。」

天の光明が高らかに「天の女王さま」とマリヤを讃《たた》える中、御子に続いて冠をいだいた炎《ほのお》が至高天に昇《のぼ》っていくのが見えた。

この第八の天では、地上でよい種まきをした人たち、またバビロンの地で涙《なみだ》を流した人たちの魂《たましい》が永遠の宝を得て大いなる喜びのうちに生きている。わたしはまたそこに、この天に入る鍵《かぎ》を与えられたペテロが信仰者《しんこうしゃ》の勝利を寿《ことほ》いでいるのを見た。

ベアトリーチェはこの魂の群れに言った。

「ああ、神の小羊の晩餐《ばんさん》に選ばれた方々。死ぬ前から、その食卓のおこぼれにあずかることを許されたこの者に、どうか御目通《おめどお》りをお許しくださいませ。」

すると霊《れい》たちは彗星《すいせい》のような尾をひきつつ、時計の歯車のようにくるくると回りながら答えたが、その中から一番輝く火が、彼女のまわりを三回、回った。それはペテロの霊だった。霊は彼女に言った。

「あなたの敬虔《けいけん》な願いがわたしを光明の輪の外に連れ出しました。」

彼女は言った。

「主はあなたに天国の鍵をお与えになりました。どうか、まことの信仰者が入ることのできるこの天にこの者がふさわしいか、信仰をお試しください。」

わたしは教授の前で試問される学生のように身がまえた。

すると霊がわたしに言った。

「よきクリスチャンとして答えてほしい。信仰とは何であるか。」

彼女が促《うなが》したのでわたしは答えた。

「発言をお許しくださり感謝します。あなたと同じくローマに行った兄弟が手紙に書いているとおり、信仰《しんこう》とは望んでいる事柄《ことがら》の実体であり、まだ見ぬものの論証であります。」

「言ったことを理解しているなら、きみの答えは正しい。」

そこでわたしは言った。

「天上の事柄は、地上では目に見えません。それを確認するのは信仰です。その信仰に基づいて人は目に見えぬ天のものを希望するのです。それゆえ信仰は基《き》盤《ばん》にあるものとして実体です。また天の事柄は信仰を基《もとい》に、三段論法で論証されますので、それはまた論証でもあるわけです。」

すると霊《れい》は言った。

「下界でこのように教育がなされたら、詭弁《きべん》を弄《ろう》する者はいなくなるだろう。ところできみは、この混じりけのない貨幣《かへい》をきみの財布《さいふ》に持っているのかね。」

「はい純金の貨幣を持っております。」

「よろしい。ではきくが、きみの信仰はどこから来たのか。」

「旧新約聖書《せいしょ》に惜しみなく降《ふ》り注ぐ聖霊《せいれい》の雨によってです。」

「それでは旧新約聖書を神の言葉ときみが考えるのはなぜか。」

「そこに記された自然を越《こ》えたもろもろのわざのゆえです。」

「ではきくが、そのようなわざがあったことを何が証明するのかね。ただ書かれているだけではないのか。」

「奇蹟《きせき》が無ければ、世界がキリスト教に帰依《きえ》することはなかったでしょう。もし奇蹟がなくて、そうなったとしたらそれこそ百倍の奇蹟というものです。あなたは貧しい飢《う》えた身で畑に種をまき、その木にぶどうが実りました。今は茨《いばら》しか生えませんが。」

これを聞いて天の宮廷《きゅうてい》に神への讃美《さんび》の歌が湧《わ》き起こった。

試問もいよいよ大詰《おおづ》めに近づいた。霊が問いを発した。

「きみのこれまでの答えは合格だ。最後にきみにきこう。きみの信仰の内容について述べたまえ。」

「聖なる父よ。お答えいたします。わたしは唯一にして永遠の神を信じております。天は自ら動くのではなく、この神の愛によって回転するのです。物理や哲学の証明によってだけでそう信じているのではなく、聖書《せいしょ》に注がれる聖霊《せいれい》の示しによっても信じています。

わたしは三位一体《さんみいったい》の神を信じております。ですから受ける動詞《どうし》は複数でも単数でもよいと思います。福音書がこれをわたしに示したのです。三位一体の神こそすべての根源であり火花であって、わたしの信仰《しんこう》に火をつけたお方なのです。」

これを聞くと、霊《れい》はうれしい知らせをしもべから聞いた主人のように、わたしのまわりを三度回って祝福してくれた。

わたしはそれを見て、わたしの信仰に火をつけてくれた故郷の洗礼堂を思い起こした。わたしはふるさとから追われ、今は年老いて声も変わってしまったが、心血《しんけつ》を注いで作り上げたこの『神曲』の詩人として故郷に迎えられ、あの洗礼堂の泉の前で冠《かんむり》をいただく日がきっと来るだろう。

見ると同じ光の輪からもう一つの霊が出て来た。わたしは目がくらんで面を下げた。

ベアトリーチェは言った。

「あれは、ヤコブの霊です。あの方のために地上で人々がサンチャゴに巡礼《じゅんれい》にでかけるのです。」

ヤコブの霊がペテロの霊にあいさつを終えたとき、彼女は言った。

「ペテロさまは信仰を試しますが、あなたは希望を試すお方です。」

すると霊はわたしに言った。

「顔をあげなさい。わたしはこの天の宮廷《きゅうてい》で希望を試す者です。それできみに聞きます。希望とは何ですか。」

ベアトリーチェが言った。

「あなたの問いにこの者が立派に答えてくれるでしょう。」

そこで、わたしは先生の質問に得意になって答える生徒のように答えた。

「希望は将来与えられる栄光を疑うことなく待つことです。そのような希望をわたしに最初に与えてくれたのは、詩人ダビデです。それから、あなたの書かれた聖なる書物です。」

するとは霊は稲妻のように光を発しながら言った。

「きみの希望の内容をどうかわたしにきかせてくれたまえ。」

そこでわたしは答えた。

「旧新約聖書《せいしょ》の示すところでは、神に選ばれた魂《たましい》は、みな終わりの日に天のふるさとで魂と肉体という二つの衣をまとってよみがえるということであります。このことはあなたの兄弟であるヨハネも黙示録《もくしろく》で預言《よげん》しています。」

こう語り終えた時、光明《こうみょう》の群れが神を讃美《さんび》し、輪になって舞《ま》った。やがてその中からもう一つの輝《かがや》く霊《れい》が出て来て二人の霊に加わった。

ベアトリーチェは彼を見つめながらわたしに言った。

「この方はあのイエスの胸によりかかったヨハネの霊です。」

わたしは、ヨハネが肉体をもって天に昇《のぼ》ったという噂《うわさ》を地上で耳にしていたので、それを確かめようと、目をこらした。

すると霊は言った。

「あるはずのない肉体を見ようとどうしてきみは目をこらすのですか。わたしの肉体はよみがえりの日まで墓で土になっています。生きたまま天国に登ったのは、先にきみが見たお二方、キリストとマリヤさまだけです。」

こう言うと三人の霊ははたと静まった。

わたしは、ベアトリーチェを見ようとふりかえったが、目がくらんでしまい姿《すがた》を見ることがでず、どうてんしてしまった。

そのとき、ヨハネの霊が言った。

「安心しなさい。きみの目はつぶれてはいません。時が来れば、あの婦人がきみの目をいやしてくれるでしょう。」

わたしは答えた。

「それで元気が出ました。それにしても神こそ愛すべき初めにして終わりである善《ぜん》なのです。」

すると霊は言った。

「きみを神への愛に向かわせたものは何であるか。」

わたしは答えた。

「哲学的推理《すいり》と神ご自身です。まず、哲学的推理を申しあげます。善《ぜん》は善を愛します。そして善《ぜん》は完全になるほど、それに対する愛も大きくなります。神は最高の善です。それゆえ人は神を最も愛さなければならないわけです。

また神ご自身もモーセにそのことをお示しになられましたし、あなたもヨハネの黙示録《もくしろく》でそのことを告げています。」

すると声がした。

「きみの最高の愛は神にとっておきたまえ。ところできみが神を最高に愛する理由は他にあるかね。」

わたしは答えた。

「世界やわたしが存在していること、キリストがわたしのために死なれたこと、わたしたちクリスチャンが待ち望んでいること、そうしたことが、わたしが神への愛へと向かわせてくれました。」

わたしがこう言うと、ベアトリーチェが天の魂《たましい》たちと叫《さけ》んだ。

「聖《せい》なるかな、聖なるかな、聖なるかな。」

彼女の強いまなざしを浴びて、わたしの視力《しりょく》は回復《かいふく》した。するとそばに第四の光がいるのに気がつき、わたしは彼女に「あれは何かですか」と尋《たず》ねた。

「あれは神が最初に創造《そうぞう》したアダムの霊《れい》です。」

それでわたしは矢も楯《たて》もたまらず霊に向かって言った。

「わたしたち人間の父祖よ、お話し下さい。」

すると霊が光明《こうみょう》の中から答えた。

「きみがわたしに聞きたいことははっきりわかります。

まず、きみは、神が地上楽園にわたしを置いてから何年たったかを知りたがっている。わたしは地上で九百三十年生き、きみの先生がいた辺獄に四千三百二年おった。

それからきみは地上楽園でわたしがどんな言葉を使ったか、知りたがっておるが、バベルの塔《とう》以後、それまでの言葉は地上から消えてしまったのだ。

またきみはわたしが楽園を追われた理由を知りたがっているが、それは禁断の木の実を食べた貪食《どんしょく》の罪によるのではなく、神の前に分限《ぶんげん》を越《こ》えた高ぶりの罪によるのだ。あの頃、神は地上ではヤと呼ばれ、それからエルと呼ばれておった。

そうそう、あの園にいたのは六時間くらいの間だったなあ。」

わたしの目の前で四つの光明《こうみょう》が燃えていた。すると最初の光（ペテロの霊《れい》）が激《はげ》しく輝《かがや》き、色が白から紅《くれない》に変わったかと思うと、語り出した。

「驚《おどろ》くことはない。わたしの地位は神の前では空席になっていますが、その地位を地上のやからが奪《うば》い、わたしの殉教《じゅんきょう》の地をどぶにしてしまった。それでルチフェルの思うつぼだ。」

これを聞いて恒星天は赤く染まり、ベアトリーチェは青ざめた。

ペテロの霊はさらに続けた。

「わたしも、その後の教皇《きょうこう》リヌスもアナクレトゥスもキリストの花嫁である教会のために殉教した。それなのに、ボニファティウスをはじめ今の教皇たちは、わたしに委ねられた鍵《かぎ》を旗印に地上で戦いをくりひろげている。羊の皮をかぶった凶暴《きょうぼう》な狼《おおかみ》のようだ。だが、きっと神罰《しんばつ》が下る。彼らの最後は何とみじめなことだろう。きみは下界にもどったら、わたしが今言ったことを伝えてくれ。」

こう語ると、霊たちは昇《のぼ》っていき、やがて見えなくなった。

そのとき、ベアトリーチェが今一度、下の地球を見るように言った。見ると、先に見たよりも地球は四半分回転して、麦打ち場の西の端が見えた。わたしがふたたび彼女に目をやると、輝かしい微笑《びしょう》が目に入ったと思う間もなく、わたしたちは双子宮からさらに上の天に昇っていった。

第九の天

見ると、そこは第九の天である原動天であった。ベアトリーチェがこの天についてわたしに説明してくれた。

「この原動天が、わたしたちがこれまで見てきた地球を中心に回転する八つの天を取り巻き《ま》、これを動かしています。この天は、その外を包む至高天によって回転していますが、それはただ愛によってのみ動くのです。

ああ、それにしても、地球に住む人間は貪欲《どんよく》のために堕落《だらく》して、この天の光と愛を受ける者がいなくなりました。幼いころは純情でも、物心がつく頃から信仰《しんこう》を失い、断食をせず大食いとなり、親不孝になってしまいます。地上を治め、彼らを導く人たちからしてみな堕落《だらく》してしまっているのですから。でもやがて、この天の愛と光が働きかけて、人類という船隊は進路を反対にかえ、正しい道に進むことでしょう。」

彼女の目に映《うつ》った火を見て振り向くと、まばゆい光を放つ不動の一点のまわりを、太陽にかかるかさのように九つの輪が囲んでいた。中心に近い輪ほど回転が速く、光も澄《す》んで清らかであった。

するとベアトリーチェが言った。

「ごらんなさい。あの中心が神の光です。そのまわりを火の輪が回っていますが、その原動力は神への燃え上がる愛なのです。」

わたしは疑問を彼女にぶつけた。

「わたしが今まで見てきた九つの天は、外にいくほど回転が速く、燃える火も清らかでした。ところが、この原動天では、その逆のように見えますが、なぜなのですか。」

するど彼女が答えた。

「あなたが通ってきた九つの天球はこの九つの輪に対応していますが、それは愛と光の及ぼす力に対応しています。ですから、九つの輪のいちばん内側からはじめて、九つの天球のいちばん外側の天球からそれぞれ順々に、見た目には逆に対応しているのです。」

彼女はさらに九つの輪について説明をして言った。

「中心に近い方の三つの輪は、近い方から、熾《し》天使、智《ち》天使、玉座《ぎょくざ》の天使で、それぞれ、原動天、恒星天、土星天をつかさどっています。これが第一級の天使です。

次の三つの天使は、順に、統治、権力、権威《けんい》の天使で、それぞれ、木星天、火星天、太陽天をつかさどっています。これが第二級の天使たちです。

その外を舞《ま》うのは、順に、主天使、大天使、天使で、それぞれ、金星天、水星天、月天をつかさどっており、第三級の天使たちです。

ちなみに、地上でこれらの天使の階級について正しく記したのは、ディオニシウスで、彼は天に昇《のぼ》ったパウロからこれを学びました。」

そう言って、彼女は微笑《ほほえ》みながら天上の一点を見つめ、また語り始めた。

「神と世界の創造《そうぞう》や天使の性質のことをあなたが知りたがっていることは分かっています。神は永遠の昔から最高の善《ぜん》であり、その善を分かつために愛からこの世界のすべてのものを同時に造られたのです。ですから天使もまた、ヒエロニムスの言うように天地創造に先だって造られたのではなく、他のものと同時に造られたのです。造られたものは、天使と天球と地球という三つのものです。

ところが、天地創造後、二十も数えないうちに一部の天使たちが地球に墜落《ついらく》しました。それはあのルチフェルの高慢のためです。しかし残った天使たちはこの原動天《げんどうてん》にあって神を仰《あお》ぎ、ますます輝《かがや》いています。

ところで天使について、地上の学校ではまことしやかに、知性、記憶《きおく》、意志があると教えられていますが、天使たちはこうして神をひたすら仰いでいるのですから、過去のことを思い出すなどということはありません。それゆえ天使に記憶などないのです。

こんな誤りはまだしも、昨今《さっこん》は聖書《せいしょ》をなおざりにして、とんでもない新説を唱える人たちが現れてきたのは、じつに嘆《なげ》かわしいことです。たとえばキリストの受難のときに全地が暗くなったのは、月が後退して地球と太陽の間に入ったからだなどと唱える人です。あれは嘘《うそ》で太陽自体が暗くなったのです。

教会で坊主《ぼうず》たちがする説教も洒落《しゃれ》や面白話《おもしろばなし》ばかりで、福音の真理を説く者はいなくなりました。キリストは初めの弟子たちに、世に出て言ってそんな戯言《たわごと》を告げよ、などとは言われませんでした。弟子たちは、福音のみを、信仰《しんこう》の火を燃やす戦いための盾《たて》とし槍《やり》としたのです。

坊主たちの帽子の端にあの翼《つばさ》をもつ悪魔《あくま》が巣食っています。とりわけ聖アントニオ教会の坊主たちは金《かね》もうけのために免罪符《めんざいふ》を乱発して、人々もこれに喜んで群がっている始末です。

話を元にもどしましょう。この天にいる天使たちの数ですが、ダニエルも言っているように幾《いく》千幾万もの数です。これらの天使は、神の愛の光をさまざまな仕方で受けて反射して光っているのですが、神は創造の前も後も変わらず永遠に一《いち》なるお方なのです。」

やがて九つの輪はだんだんと消えていった。わたしは彼女のほうを振り向いた。彼女は神々《こうごう》しいまでに美しく、わたしに微笑《ほほえ》み、わたしは彼女とともに第十の天に昇《のぼ》った。

第十の天

彼女が言った、

「わたしたちは至高天《しこうてん》に入りました。ここは光と愛と知恵に満ちています。天使たちの一隊と最後の審判《しんぱん》のときに祝福される人々の一隊を、あなたは見るでしょう。」

突然、まばゆい光がさしてわたしは目がくらんでしまった。

彼女は言った。

「これがこの天に入る者への歓迎《かんげい》のあいさつです。」

わたしに新たな視力《しりょく》が与えられた。見ると、光輝《かがや》く河があり、そこから火花が飛び出して、両岸に咲く永遠の春の彩《いろど》りに満ちた花の上に玉のように散り敷いたかと思うと、また花の香に酔《よ》ったかのように河に沈み、また別の火花が飛び出していた。

彼女は言った。

「あなたが見ている光景は、まだかりそめの姿《すがた》にすぎません。あなたの目がまだ十分強くないからです。」

わたしはもっとよく見ようと神の光を浴びた。すると、河のように見えたものは、丸い湖の形をしていた。また火花のように見えたのは天使たちで、花のように見えたのは祝福された人々の群れであった。

彼らは、二つの宮廷《きゅうてい》のように、幾千もの段が取り囲む円形劇場のように、また幾千もの花びらに包まれたバラのように広がって、永遠の春をもたらす太陽のような神を上からのぞき、自らを映《うつ》し込んでいた。

彼女は、わたしをそのバラの黄色い芯《しん》の中へ連れて行き、こう言った。

「ごらんなさい。白い衣を着た人たちが何と多いことでしょう。またこの天の何と広いことでしょう。しかし、もう席はいっぱいで、わずかしか残っていませ

ん。

　あなたはあの王冠《おうかん》の置かれた座《ざ》に目をやっていますが、あれはあなたが大いに期待しているアリーゴのために取っておかれています。彼はやがて皇帝《こうてい》になり、イタリアは彼によって正しい道にもどるでしょう。彼はあなたより先にここに来ます。

　それにしても教皇《きょうこう》クレメンテは彼とは反対に、貪欲《どんよく》にかられ教会を食い物にしています。遠からずあの魔術師《まじゅつし》シモンの罪を犯した罪で地獄《じごく》に落ちるでしょう。そして先に同じ罪で地獄の穴に落ちたあの教皇ボニファティウスをさらに下に押し込めるでしょう。」

　わたしの前に、白い衣をつけた祝福された軍隊が、白いバラのように現れた。そのバラの上を金色の羽と白い体をもった天使たちが蜜蜂《みつばち》のように飛び交っていた。

　蜜蜂は、バラの花びらを下ると、また神のほうにもどっていくのである。

　わたしはしばし呆然《ぼうぜん》と見とれていたが、ふと振り返るとベアトリーチェの姿《すがた》がなく、そこに一人の輝《かがや》きと歓《よろこ》びに満ちた老人が立っていた。

わたしが思わず彼女がどこにいるかと尋《たず》ねると老人は言った。

「ベアトリーチェがわたしをきみのもとに遣《つか》わしたのだ。ほら、あの上から三段目の段の座に彼女がいるのが見えるだろう。」

するとそこに神の光を冠《かんむり》にして彼女が座しているのが見えた。

わたしは彼女に語りかけた。

「あなたは暗い森からわたしを助け出し、わたしをいやし、この天国まで導いてくださいました。ありがとうございます。わたしがやがて地上から解き放たれて、ここに来ることができますよう。これからもお守りください。」

わたしがこう語ると、彼女は微笑《ほほえ》み、わたしを見つめてから、神のほうに視線を向けた。

老人が言った。

「さあ、このバラ園の下のほうばかり見ないで一番上の段を見るのだ。そこに天の女王さまが座しておられるのが見えるだろう。わしは聖母《せいぼ》マリヤさまにお仕えしているベルナールだ。」

見ると、ちょうど日の沈む山際が赤々と輝《かがや》くように、花びらの一番上に千余《せんよ》の天使たちの光明《こうみょう》が舞《ま》う中心に、微笑《ほほえ》むマリヤの神々しい姿《すがた》が目に入った。

老人もわたしも燃え上がるような愛に満たされて聖母《せいぼ》を見つめた。

ベルナールは言った。

「マリヤさまの下の第二段目にいるのは、最初の女のエバだ。エバの下の第三段にはベアトリーチェがラケルと並んで座《すわ》っておる。その下の第四段にはサラ、第五段にはリベカ、第六段にはユディト、第七段にはダビデの曽《そう》祖母にあたるルツが座っておる。それから下の段にもヘブライの女たちが、縦《たて》に並んでこのバラの花びらの階段を壁のようになって左右の席を分けておる。

左の席にはキリストの到来《とうらい》を信じた人たちが座って、席はみな埋《う》まっておる。席の右側は、到来したキリストを信じた人たちの席で、空いている席はもうほんのわずかだ。このいちばん上に座っているのは、ここに来る前、二年間、地獄《じごく》の辺獄にいた洗礼者ヨハネだ。その下に少し離《はな》れて彼の下にフランチェスコ、ベネディクトゥス、アウグスティヌス、その他の聖者《せいじゃ》たちが座っておる。

ちなみに、左右を分けているあの女性たちの下の場所には、物心つく前に地上を去った子どもたちが座っておる。創造《そうぞう》の初めのころは、信仰《しんこう》をもった両親から生まれた子どもたち、その後は、割礼《かつれい》を受けた子どもたち、キリストが来られてからは洗礼を受けた子どもたちだ。

さあ、もっとキリストにそっくりなマリヤさまの顔を仰《あお》ぐがよい。そうすればキリストさまのお顔を仰ぐ視力《しりょく》も与えられるからだ。」

見ると、神に似たマリヤが座《ざ》しており、その前を天使が、「祝福されたマリヤ、恵みに満てるお方」と歌いながら翼《つばさ》を広げ、舞い降《お》りていた。

わたしは感動に震《ふる》えながら言った。

「聖なる父よ、あの大天使は誰《だれ》ですか。」

すると彼は言った。

「あれは、あれはマリヤさまに受胎《じゅたい》を告知した大天使ガブリエルだ。

さあ、マリヤさまのそばにいる長老たちを見るがよい。天の女王の右にいるのは、最初の人アダムで、左にいるのは、天国の鍵《かぎ》を授けられたペテロ、その隣にいるのは黙示録《もくしろく》を記したヨハネだ。アダムの隣にいるのはイスラエルの民を導いたモーセだ。

ペテロの向かいには、聖母《せいぼ》の母アンナが座《すわ》り、アダムの向かいにはきみを助けるようにベアトリーチェを動かしたルチーアが座っておる。

さあ、紹介《しょうかい》はこのくらいにして、目を神に向けることにしよう。きみはわたしについて来るのだ。」

そう言うと、彼は聖母マリヤに祈り始めた。

「恵みに満てる、聖なるおとめ、御子《みこ》を宿された御母《おんはは》マリヤ、どうかこの人を憐《あわ》れみ、恵みをたまいて神を仰《あお》がせたまえ。しかして神を仰ぎし後も彼を守らせたまえ。」

こう祈るベルナールに聖母マリヤの目が注がれ、やがて彼女の目は上に向けられた。

するとベルナールは微笑《ほほえ》んで、わたしに上を見るよう合図した。

わたしの目は澄《す》みわたり、神に注がれた。ああ、そこで見たあの光を、わたしはもはや言葉に表すことができない。やがて視力《しりょく》が増すにつれ、至高《しこう》の光の中に、三色の三つの輪が見えた。第一の輪が、第二の輪に虹《にじ》のように映《うつ》り、第三の輪は第一の輪と第二の輪とから等しく発する火のようであった。ああ、それは父と子と聖霊《れい》の聖なる三位一体《さんみいったい》の神のお姿《すがた》であった。

第二の輪は、第一の輪の中から生まれるように見えた。さらに見ていると第二の輪の中に人の姿が見えたが、わたしにはその人が第二の輪にどのように一致しているのか、またなぜそこにあるのか、どうしても理解することができなかった。ただ、太陽や星を動かしている神の愛が、今はわたしの願いと意志を等しく回る車のように動かしていた。

（終わり）

訳者あとがき

「どうか彼を歓迎《かんげい》してください。この人は自由を求めて歩みます。命をかけても尊《とうと》い自由のためにです。」これは、ダンテを見て不審《ふしん》に思う煉獄《れんごく》の番人カトーに対して先生のヴィルジリオが語る有名な言葉で、『神曲《しんきょく》』の中でわたしの好きな言葉でもあります。

ダンテ・アリギエリ（Dante Alighieri）は一二六五年にイタリアのトスカナ地方の古都フィレンツェに生まれました。姓《せい》ではなく、名前のダンテで通称《つうしょう》されています。

『神曲』は「人生という旅のなかば、ふと気がつくとわたしは、まっすぐな道をふみはずして、暗い森の中にいた」という有名な書き出しで始まっています。その年代設定はダンテ三五歳の時と思われます。一三〇〇年に当たります。この年、かれはフィレンツェの統領《とうりょう》の一人に選ばれたのでしたが、二年後に起こった政争《せいそう》により同市を永久追放、死刑《しけい》宣告を受けた身分となったのでした。

当時のイタリアでは、神聖ローマ皇帝《こうてい》にくみする皇帝党《とう》（ギベリン党）とローマ教《きょう》皇《こう》にくみする教皇党（ゲルフ党）との間で熾烈《しれつ》な闘争《とうそう》がありました。一三世紀末には教皇党に帰《き》したのですが、同党内で今度はチェルキ家（白派）とドナーティ家（黒派）で覇権《はけん》を争い、一三〇一年には白派が黒派を追放しましたが、黒派は教皇ボニファティウス八世の支持を得て再びフィレンツェを奪還《だっかん》し、翌年白派を追放する。白派のダンテもそれ以後、永久追放となったのです。ダンテが心底嫌《きら》い、『神曲』で地獄《じごく》に落としたボニファティウスは裏でそれを画策《かくさく》した人物でした。

ダンテは、統一なく対立抗争を繰り広げるイタリアを嘆《なげ》きつつ、地上の統治《とうち》は皇帝が行い、教皇は霊的《れいてき》な統治のみに関わるべきだとする見解を述べています。これは近代の政教分離《せいきょうぶんり》の思想につながるものです。

フィレンツェからの追放以後、かれは各地を流浪《るろう》し、終生故郷《こきょう》に帰ることなく、一三二一年にラベンナにて、五六歳で客死《きゃくし》したのでした。『神曲』の執筆《しっぴつ》開始は、一三〇七年、かれの四二歳頃《ころ》と推定《すいてい》されています。失意と放浪のどん底の境遇《きょうぐう》にあってラテン語ではなくトスカナの地方語で書かれた『神曲』は、近代イタリア語を形成する基《もとい》となっただけでなく、人類のもつ文学遺産の傑作《けっさく》の一つとなったのです。

『神曲』の原題名は La Divina Commedia（ラ・ディヴィナ・コンメーディア）です。コンメーディアはコメディの言葉につながるものですが、ダンテにおいてこの言葉は喜劇《きげき》を意味するものではありません。コンメーディアは、始め恐ろしく、終わりが楽しく終わる文学を意味しています。実際、『神曲』は地獄の陰惨《いんさん》な話から始まりますが、最後は天国での至福《しふく》の歓《よろこ》びで終わっています。

『神曲』は、地獄篇、煉獄篇、天国篇の三部から構成されています。それぞれ三十四、三十三、三十三の歌から成っており、そのうち地獄篇の第一歌は作品全体の序文《じょぶん》の役割をもっていますので、三十三かける三プラス序歌の一を加えた百という整然たる完全数になっています。地獄は九つの圏《けん》から成っています。第一圏がリンボと呼ばれる辺土、最後の第九圏がコキュトスと呼ばれる地獄の底です。中でも第八圏はマレボルジャ（邪悪《じゃあく》の濠《ほり》）と呼ばれ、十の濠から構成されています。煉獄は、煉獄の前地である渚《なぎさ》と麓《ふもと》と、そこから七つの円道とその頂上にある地上の楽園とから成っています。天国は、第一天から第十天にいたる十の天から成っています。こうして、全体が、プトレマイオスの天動説に立った階層《かいそう》的な宇宙観に基づき、さながらめくるめくヨーロッパの大理石でできた壮大《そうだい》で緻密《ちみつ》な寺院の伽藍《がらん》のような構造になっているのです。『神曲』における地獄から天国までの時間については本書できちんと記す余裕はありませんでしたが、一三〇〇年の春の受難週《じゅなんしゅう》の木曜日の夜から地獄篇が始まり、煉獄篇は復活祭《ふっかつさい》の日曜日から水曜日までの一週間の出来事になっています。天国篇においてはもはや永遠の世界となり、時間はありません。

本書は散文《さんぶん》で書き直しましたが、原著は脚韻《きゃくいん》を踏んだ韻文です。一連三行ずつ、全部で一四二三三行にもなる壮大な叙事詩《じょじし》となっています。その詩体はイタリアで一三世紀に起こった「清新体《せいしんたい》」と呼ばれるスタイルです。その特徴は、久遠《くおん》の女性への思《し》慕《ぼ》をうたうところにありますが、ダンテ『神曲』において、それは言うまでもなくベアトリーチェに対するものです。

ベアトリーチェは、ダンテの生家のすぐ近所に住んでいた実業家フォルコ・ポルティナーリ家の娘でした。ダンテは九歳の時に一歳年下の彼女と出会い、一八歳の時に再会し熱烈な恋心を懐《いだ》くに至ったのでした。当時は許婚《いいなづけ》制であって、彼女はやがてシモーネ・デ・バルディの妻となり、二四歳で他界しました。ダンテも許嫁ジェンマ・ドナーティと結婚しましたが、ベアトリーチェへの愛慕《あいぼ》は終生変わらず、かれの永遠の女性となり、また詩作活動の原動力となったのです。ちなみにジェンマは黒派のドナーティ家の出なのですが、ダンテは白派というのも複雑です。

「久遠の女性」への憧憬《しょうけい》の背景には、ダンテが五、六歳の頃に母を亡くしたということもあるでしょう。実際、『神曲』の中で最初にベアトリーチェが現れる場面で、ダンテは母親の前でべそをかく子どものように自分を描いています。

『神曲』は、以後の多くの芸術家や文学者に霊感を与えてきました。例えば、ボッティチェリは『神曲』の挿絵《さしえ》を描きましたし、チャイコフスキーは、地獄篇第五歌のフランチェスカとパオロの悲恋《ひれん》を題材に「フランチェスカ・ダ・リミニ」という幻想曲《げんそうきょく》を残しました。また与謝野晶子《よさのあきこ》は、同じこの箇所から「爐《ろ》の火燃ゆフランチエスカのこの中にありとも見えて美くしきかな」という歌を詠《よ》んでいます。

また日本の漫画の中にもときどき登場してきます。

ダンテの生きた時代は、日本では鎌倉《かまくら》時代に当たります。この時代の日本では古典の傑作の一つである兼好法師《けんこうほうし》の『徒然草《つれづれぐさ》』が著《あらわ》されています。『徒然草』は児童の方でも読んだことがあるでしょう。

ダンテの『神曲』には、ダンテの詩才だけでなくギリシャ・ローマの古典に対する深い造詣《ぞうけい》や、天文学《てんもんがく》、物理学《ぶつりがく》、博物学《はくぶつがく》、動物学《がく》、神学《しんがく》、哲学《てつがく》、政治学《せいじがく》などの広汎《こうはん》な教養《きょうよう》、観察眼が見られます。そういう意味でダ・ヴィンチのような万能の天才性を示していますし、中世からルネサンスへの分水嶺《ぶんすいれい》ともなっています。

とくに『神曲』を読んで気づくのは、随所《ずいしょ》に絶妙《ぜつみょう》な喩《たと》えがなされることです。本書でも、それをできるだけ生かして物語ることに努めました。これも自然や世界に対する観察力に基づくものでしょう。

またダンテが、「パペ、サタン、パペ、サタン、アレッペ」などのジブリッシュ（ちんぷんかんぷん言葉）や「マレボルジャ」（邪悪《じゃあく》の濠《ほり》）などの造語《ぞうご》を使っているのも、かれの縦横無尽《じゅうおうむじん》の言語《げんご》創造力《そうぞうりょく》を示していると言えるでしょう。

＊

本書の出版《しゅっぱん》のいきさつはこうです。『本のひろば』（一般財団法人《いっぱんざいだんほうじん》キリスト教文書センター、二〇一五年六月号）に載《の》ったわたしの肩書《かたがき》「神曲愛好家」を目にした新教出版社社長の小林望氏からお手紙をいただきました。同氏はかねてより、新たになった「つのぶえ文庫」のシリーズ第三冊として、子ども向けに『神曲』のアレンジ本が出せないか模索《もさく》しておられたのでした。本書は、そのような出会いをきっかけに生まれました。そこで、児童にも『神曲』の全体のあらましがわかるようなリライト本ができないかと考えました。

アレンジに当たっては、生田長江《いくたちょうこう》、山川丙三郎《やまかわへいざぶろう》、野上素一《のがみそいち》、杉浦明平《すぎうらみんぺい》、寿岳文章《じゅがくぶんしょう》、平川祐弘《ひらかわすけひろ》、原基晶《はらもとあき》の諸氏による日本語訳とともに、英訳、独訳のほか、イタリア・ダンテ協会から出ている二〇一五年再版のイタリア語の原典版（Milano: Ulrico Hoepli Editore, 1989）もときに参照しましたが、わかりやすく思いきってリライトしました。原稿は七月のほぼひと月で書き上げました。ダンテが一週間で地獄から天国まで旅したように、わたしもひと月でダンテと共に旅をした思いです。

訳語について一言述べます。本文中に「亡霊《ぼうれい》」「霊《れい》」「魂《たましい》」と表記した言葉が出てきますが、原文では、anima（複数形《ふくすうけい》 anime）です。代名詞《だいめいし》となっている部分もそのような訳語を当てました。

また、物語には、現代のわたしたちから見れば、もはや受け入れがたい部分もありますが、時代的な制約《せいやく》として受けとめ、著者を尊重し、そのまま物語の中に表出しました。たとえば、自死者《じししゃ》や同性愛者《どうせいあいしゃ》、またイスラム教の開祖《かいそ》にして偉大な預言者《よげんしゃ》として信奉《しんぽう》されるマホメット（ムハンマド）の取り扱いや描写などです。

もとより大人でも読み通すことが難しい大作を、子ども向けにやさしく、また短く散文で書き直すことは無理な面もあります。しかしわたしなりに消化して物語の全体の筋をつかむことは、子どもにとっても、また大人にとっても意味のあることと考えてお引き受けした次第《しだい》です。

やがて二〇二一年にダンテ没後《ぼつご》七〇〇年の記念の年を迎えます。その前に、このような形でダンテを記念するこのささやかな書物を上梓《じょうし》することができました。妻の翠には最初の原稿に目をとおし、いろいろな点でチェックをしてもらいました。挿絵を描いてくださった高秀泉《たかひでいずみ》氏にも感謝します。そして何よりも編集の労をとってくださった小林望氏に心から感謝の意を表するものです。

題名は、『神曲』の冒頭の第一連の言葉から取って『暗い森を抜けて』としました。子どもたちが、また誰もが、本書を通して、ダンテの『神曲』の世界と魅力《みりょく》に触《ふ》れることができるなら幸いです。

二〇一五年九月　東京小平《こだいら》にて

住谷　眞

住谷　眞（すみたに・まこと）

1957年、高松に生まれる。1980年、東京大学法学部卒業。1984年、東京神学大学大学院博士課程前期課程修了。牧師（日本キリスト教会）、新約学者（日本新約学会会員）、歌人（日本短歌協会理事）、神曲愛好家。

訳書　ラインホルト・ゼーベルク『教理史要綱』（教文館、1991年）、ハンス-ヨーゼフ・クラウク『EKK新約聖書註解 XXIII/1　ヨハネの第一の手紙』（教文館、2008年）、T. W. ウォーカー『現代聖書註解スタディ版　ルカによる福音書』（日本キリスト教団出版局、2009年）。

著書『烈しく攻める者がこれを奪う―新約学・歴史神学論集』（一麦出版社、2014年）。

暗い森を抜けて
神曲《しんきょく》ものがたり　〈つのぶえ文庫〉

2015年11月30日　第1版第1刷発行

訳　者……住谷　眞

発行者……小林　望
発行所……株式会社新教出版社
〒162-0814 東京都新宿区新小川町9-1
電話（代表）03 (3260) 6148
http://www.shinkyo-pb.com
印刷・製本……株式会社カショ

ISBN 978-4-400-77003-9　C8397
NDC 933　191 p.　17 cm